奥德赛博

糖匪——著

海峡出版发行集团 THE STRAITS PUBLISHING & DISTRIBUTING GROUP | 海峡文艺出版社 Haixia Literature & Art Publishing House

后浪出版公司

献给春天。

这就是人类吧

赵松

面对浩瀚到足以把人类所有科学努力都约等于零的宇宙，就算有科学家宣称人类是宇宙里唯一的文明物种，恐怕也没有多少人会真的相信。哪怕仅仅出于好奇心和爱幻想的天性，很多人也宁愿选择相信，在近乎无限的宇宙深处，可能会有不同的文明存在。对未来科技、人类和地球的命运乃至外星文明的幻想，让科幻小说得以生长繁荣。而《星球大战》《星际穿越》之类的经典科幻电影的出现，则以更为直观的方式催化了人类对探索宇宙的热望与期待，甚至滋生出各种错觉——比如星际移民这等事会在并不遥远的将来发生。

人类在推进科技发展和探索宇宙的过程中所付出的努力固然可歌可泣。近半个世纪以来，除了登月成功，人类还先后把五艘探测器送出了太阳系，其中最近的一艘——2006 年 1 月 19 日由 NASA（美国宇航局）发射的新地平线号探测器，现已进入太阳系外围的柯伊伯带深处。可是，这种耗费巨大、历时很久、堪称代表了人类科技最高水平的宇宙探测行动，在激动人心之余，也显露出微不足道的本质——就像人类文明之于宇宙。人类探测宇宙的能力越是强大，这种人类渺小的感觉就会越是强烈。最近有消息称，科学家通过长期观测与计算得出判断：距地球约 6000 光年的一颗被命名为 GRO J1655-40 的黑洞，正向地球奔来，预计会在 1000 万年后进入太阳系……面对这一听起来颇令人震惊的消息，其实单看 1000 万年这个时间长度，就足以让人瞬间释然了——1000 万年？到时人类跟地球是否还存在都是个问题。

不管科学家如何预言人类寿命在未来有怎样的延长可能，也不论科幻小说家如何描绘人类的遥远未来，至少到目前为止，人类仍旧处在"人生不满百，常怀千岁忧"的状态。尤其是想想如今全球环境、气候、资源危机，想想人类社会不断加剧的矛盾冲突，以及人类所拥有的核武库规模，都会让我不敢去想象 30 年后的人类乃至地球会是怎样的状态。活在这个互联网时代，面对关乎危机与灾难的海量信息，只要稍微还有点理性的人，都很难对人类未来做出乐观的预测。在这样的大背景下，无论我们做出什么样的理性思考与大胆想象，其实都很难从根本上摆脱某种无法形容的沉重意味。

写下这些感慨之后，我得承认，在读糖匪这本科幻小说集《奥德赛博》的过程中，始终有种沉重的悲剧意味缠绕着我。当然，这跟糖匪在小说里所设定的时间点没什么关系——因为不管她如何为不同的小说设置不同的时间段，在我看来都有种发生在同一时间段里的感觉，它们就伴随着阅读的时刻正在发生着。那感觉就像是我在正对着一个监视器，而那些小说里的场景正不断浮现着，就在此时此刻……更耐人寻味的是，随着阅读的延展深入，那些原本属于不同小说的场景，甚至还会在脑海里相互重叠、彼此渗透，就好像这8篇小说原本就是一个整体，或是发生在同一个时空里的，以至于读到最后，我会觉得自己看过的只是一个无始无终的一切共存的小说，因为里面的人物（不管是人类还是外星人）意识状态就是这样的，就像某个人物所自道的那样："在我活着的每时每刻，都和未来共存，都与过去共存，感知时间之流的每一份律动。我的生命与其说是短暂的一条直线，不如说是混沌时空的一个永不消失的点。我从未存在也从未消失。"

弥漫在整本书里的那种沉重感与悲剧意味，跟这种浑然一体的小说状态和人物的意识状态当然是密切相关的，但是还有一个更为重要的深层来源，那就是作者糖匪的世界观。透过那些小说的情节设置，以及对环境背景的铺陈，可以逐渐发现，糖匪笔下的世界似乎都处在濒临解体或解体进程中的状态——人的世界如此，外星人的世界也如此，而与之相伴的，是作者对人的意识层面的种种裂变所做出的非常幽深的探测。或许，在糖匪眼中，世界的解体在很大程度上既是物理意义上的，更是人类（包括外星人）的意识层面上的。为了获取某种意义上的幸存状态，人所能坚守的最后堡垒可能也就是在意识这个层面上——意识的自我重构、重新赋体后的延续、在最为幽微处的隐藏，为此甚至拒绝以无肉身的方式获得永生的可能。于是那些人物的意识世界既有其全然封闭的一面，也有隐秘敞开的一面。在封闭状态下，意识本身即是个体存在的最后堡垒，而在隐秘敞开的状态下，个体意识又像是可以跟整个世界发生某些感应……"据说，在可被察觉的意识下面，是不可测度的意识深海，不被察觉，难以探究，渊面混沌，智性之光无法穿透。偶尔其中一些碎片会浮上海面，被捕获和破解，变得明晰易懂。"

或许也正因如此，在糖匪笔下，无论是在地球不复存在后以类似于流浪地球的状态独自向外太空航行的北美大陆板块，还是烟雾弥荡的可以收留外星人寄居的北京，或是仿佛处在未来灾难后史前时期的彼得堡，或是如同高度仿真的虚拟游戏世界里的贵州苗寨……在那些看起来无一例外都身处危境且能力微弱的人物的意识世界里，既发生着看起来坚忍而又微不足道的最后抵抗，如同暂时活在封闭且轻薄的意识气泡里，也发生着他们对外面正在解体或濒临解体的世界里某些残留的"微光"及其可能性的寻觅或感知。而让人觉得有沉重的悲剧感的是，任何意义上的幸存状态在那个濒临或正在分崩离析的世界里都是非常渺小的，甚至是难以察觉的，在这样的状态下，人已不需要再去想什么乐观或悲观了，因为"就某种意义来说，生活的确不会变得更糟糕"。

在糖匪的小说世界里，无论她以什么样的笔法来叙事描写，都无法消除那种贯穿始终的如梦似幻的现实感，或者说，在她的笔下，因为人的意识生成、流动与转化的状态已然消解了整个世界不同层面的界限。因此就有了诸多让人觉得奇异的文字状态——所有梦幻般的意味都是由那些异常简练克制的仿佛毫无情绪介入的文字来呈现的，所有界限的消失都是通过极富层次感的文体之美来完成的……以至于有时候，读着读着，会有种莫名的错觉，糖匪似乎并不是在写小说，而是在写着另一种长篇叙事诗——不是西方古典意义上的那种，也不是当下的那些仍然有人在做的尝试，而是只属于她自己的需要耗掉很多生命能量的那种文本状态，尽管在形式上无疑仍旧是文学的，但从本质上说又更近乎某种复杂的程序编码状态，只不过其中有很多局部编码已以未知的方式遗失了，这也导致整个程序的世界再也无法以完整的方式呈现所有叙事的界面，但也还有很多个区域仍能自行其是，不断生成，又像不断在裂解。这些次第展现的文字，每个都是那么的清晰，可是又都像是半透明的状态，以至于你每一次离开字面而抬起头时，都会有种它们组合在一起就如同某种液体，像河流似的不断地掠过头顶不远处的半空中，里面浮动隐现着种种淡薄的意识图景。

决定作家的文字状态的，只能是其意识的状态——其对自我和世界的感知、认识与想象的方式决定了其意识的生成状态。也正是从这个意义上说，当我认为糖匪对文字与文体有着非同寻常的敏感和执拗追求时，实际上我所指的是她的世界观和意识状态的独特，甚至可以更深一步说，指的是她的个体存在状态和对意识世界的探索整合过程的独特。我不认为她对小说里的所有因素和结构细部的掌控都已到了无可挑剔的程度，但我觉得比这种技术性评估更值得珍视的，是无论她以何种方式去处理小说生成的过程，始终都没有让最关键的因素缺位或被淹没，那就是能在最细微处触动人心的东西……就像她在《孢子》里针对那个人工智能人的绘画，以貌似不经意的方式写下的那句："即使知道这些线条笔画对她一个人工智能而言只是算法而已，我仍然会被画面本身打动。这就是人类吧。"

　　实际上，由于平时交流不多，我并不知道糖匪如何看待其所身处的日常世界，有着什么样的生活状态，情感模式又是什么样的。我只能透过她的小说所提供的界面去猜测，当然我完全知道这样的猜测其实是没有什么意义的，也是极为无趣的。我并不能说她的科幻小说抵达了何种境界，但我可以说她对人的意识世界所知极深。或许，她的意识世界就像一个无形的沙漏，能把她能看到听到想到的所有日常世界里的现象以及梦境幻觉里的现象统统吸纳进去，让它们转换成最小物理单位的微粒状态，然后穿过位于她脑海深处的那个细孔，进入到她所构建的另一个时空里，以新的方式生成她想要的世界——而她自己，跟那个脑海深处的细孔一样，永远处在某种异常临界的状态，无时无刻不在深刻体验着转化的过程所产生的压力、热能以及熵，而出现在她笔下的那些文字，则既是不断流动的液态，也是随时结晶的状态，既是本质上寂静的，也是某种声音，发自其灵魂的深处……尤其是在最后，整部小说最后的句号出现的时候，体会着无尽虚无中的某种微妙触动，我会想，此时此刻，她在写些什么？将来，她还会写些什么？

2020 年 11 月 29 日上海

目　录

小说

评论

博物馆之心

费米的便条

1954 年 5 月，我独自一人前往纽约探望一个年轻时代的朋友。事实上，我们的关系并不算亲近，在高中毕业之后就很少往来，要不是我们共同的朋友我甚至不知道他现在在哪里。另一方面，我的身体状况也不允许我独自出行。很可能这是我生命中最后一个春天了。

但我一个人去了纽约。没有和任何人打招呼。甚至包括那位朋友。这次不必要并且不合理的出行最终以失败告终。当我按照打听来的地址找到朋友公寓时，他并不在家。我猜想他可能只是出去办事，晚些时候就会回来，于是决定等他。

过去几年我都被迫待在室内静养，不愿再枯坐在某个屋顶下。那天天气很暖和。我走过两条街进了中央公园，找到一个面对草坪的长椅坐了下来，坐下来没过多久就睡着了。等我醒过来时，风衣口袋里多了一盒卡带。没错，是卡带。

那天我没有等到我的朋友，可能是太过沮丧，或者是无聊，我向住宿的酒店借来录音机将卡带内容一次听完。里面的内容令人震惊。外星人。这可是五十年代。几乎有一半以上的美国人相信外星人存在，四分之一以上的人声称看见不明飞行物。《纽约客》上充斥着对外星人和飞碟的描绘。

四年前当我和我的曼哈顿计划的同事们一起时，我们也常常就这个话题讨论。有一天在富林小屋吃午饭时，埃米尔告诉我们，周末晚上他的祖父和父亲为外星人是否存在这个问题而争执不休，差点搞砸了家庭聚会。我停下手中的餐具。"那么，他们在哪？"我问。

所有人都笑了。他们认为这是笑话，甚至我自己都被笑声感染而大笑起来。但我知道，那个问题并不是笑话。

在灯光下，我打量着这卷卡带。它离奇的出现方式，以及匪夷所思的内容，令我几乎相信这是命运的安排。是的，在1954年5月某个夜晚，当我身心疲惫地过完一天后又听完这盒卡带时，我差点成了一个宿命论者。也许千里迢迢地来到纽约并不是为了见一个并不亲密的朋友，而是因为受到了某种召唤，为了得到这份卡带。

"他们在哪里？"

卡带回答了这个问题。

理智在最后关头阻止了我。没有必要去赘述拿到卡带后的一个月里我是如何焦虑不安，如何惊慌失措。对于一个身患绝症的科学家而言，没有比在最后关头精神崩溃更糟糕的了。身体衰竭的最大坏处在于，人们可以理所当然认为你的智识水平也随之衰退。当我写下这些话时，已经做出决定，这张便条将和磁带一起封存起来，交给我最信任的A保管。也许有一天，当时机合适，她会将卡带公之于世。

以下是卡带的内容。

A面　第七日

一

一眼就能认出她。

人群里，不需要费多大劲就能看到她。她的模样和这里的人完全不同。按上个世纪的标准，那应该算是美。"她的美貌出卖了她。"J走向她的时候，心里反复品味这句话。明明是他看见她时才冒出来的念头，却好像旧文明时期的陈腔滥调。那些无法被降解的芯片上存储着无数这类句子，无所事事的夜晚里，可以用来消磨时间。他慢慢走近她，走进她柔软长卷发的金色光芒里。

"嗨。"他向她打招呼。她的肩膀轻轻一颤。身体重心移到脚跟。

他注意到了，露出温和的笑容。"你看起来很冷。我们去弄点吃的，再找几件合身的衣服吧。"J走在前面，保持恰当的步速。她并没有向其他人那样紧紧跟在后面。出于某种原因她始终和J保持一定的距离。穿过曾经是中央公园的那片绿地时，她忽然赶上J，脚底生风并肩走在他边上。J向她看去。那张脸上一片梦游者般的空白，安详，近乎勇敢的镇定。

一眼就能认出她。让J来领走她的那个人这么说道。的确如此。只是她的样子和J预想的有偏差。从她的立场出发，她应该更惊慌一点。因为这里的情况和她的预想有偏差而且偏差更大。然而她已经只身来到这，并将自己改造成她预想中人类的模样。

她就像个二十世纪七十年代好莱坞的艳星。除了脸上那份空白。人类以前就是那个样子。真奢侈。那时候的人们笃信太阳不死。这些恒温动物。

经过几个正在挖掘聚乙烯残片的考古人员，J带她走进最近的一个地下入口。"大多数时候我们待在下面。"J说。她并没有在听，径自一路下到平台。蛛网般密布的地下世界的小径在他们面前展开。借着J身体鳞片在黑暗中发出的微弱光芒，她环视四周，仿佛能看到深入地底每条路径的尽头。

"地球？"

"不，纽约。"J答道。

第一天，她只说了这一句话。

二

点完饮料面对面坐着已经过去一小时。J的体温慢慢下降。新陈代谢随之也慢下。他随时就会睡过去。事实上，这么坐在酒吧转椅上对着一个白肤金发的美女，他觉得自己已经掉进一个梦里。

左眼转动。视线对焦在吧台后面镜子里的人影。细长的眼裂，外眼角向上，利于抵挡沙尘。覆满脸部和身体细小蓝色鳞片，利于在寒冷环境下尽可能保持体温。还有一些变化，在外表之下，镜子无法显现。这就是人类了。为了适应骤然恶劣的自然环境，通过基因改造完成的最终形态。在他的右眼里，始终清晰映现着另一个人影。那是——人类原来的模样。

她的面孔突然扭曲成可怕的样子。

"怎么了？"J跳起来。

"我想和你一样。"她做了个手势。

"不，你的视野没有360度。不像我们。我们的眼睛分布面部两侧。我们的眼睛的生理构造不同。"J解释道。

她停下来，啜吸杯子里的低度酒精。

她用了三天的时间浏览了J提供的所有关于地球的资料，理论上应该对人类和地球有了更准确的了解，也明白自己的处境。但遇到许多事她仍旧需要J的解释。这是他的工作——最不重要的一部分。

"气温骤降，植被和粮食越来越少。为了生存下去，人类必须改变自身，成为变温动物更能适应这样的环境。有种说法说是上帝选择了人类现在的进化方向。"他没有说下去。不管是基因改造还是上帝的意志或者人类自然进化，都不重要了。

他们回到沉默里，啜吸各自的饮料。今天一整天都耗在这里。也许之后几天也会如此。打他第一眼见到她时，就应该辨识出隐藏她身体的巨大力量——停滞的力量。一切日常运转的事物都将因为她的出现而停滞不前。

"变成这样，开心吗？"她说着叼起吸管对着半空玩。

"是出于需要。"

她松开吸管由它掉在地上。"伤脑筋吧？"她认真地打量着 J。

那个标准答案几乎要从 J 体内脱口而出。

那一刻 J 天真地以为事情就要变得顺利起来。

那些被其他人问过的问题，那些他可以熟练回答的答案，那些一旦进入流程就无法逆转的操作步骤。那些圆满完成了的工作。

然而她漫不经心地错开他的视线，低头注视着那根吸管。"钻石很贵吧，地球上钻石是很值钱吧？"

J 点点头。

"你们居然用钻石来做唱针。钻石唱针，金唱片。"她说。

1978 年后 4 月，继旅行者 2 号之后，宇航局秘密又发送了第三个探测器，向外星文明送上第三份地球名片。镀金铜唱片，钻石唱针，和之前的内容不同，这次唱片上更多的是当时的流行文化。她说她是第三张唱片的获得者。

"用了很长时间。"她抬起下巴看着 J。

J 不知道她说的是得到唱片的时间，还是改造成人类来到地球的时间。那不重要。过时的信息造成了一个可以弥补的错误。他要告诉她，只要她愿意，他能帮她改造成人类的样子。

"这些年里，有大量外星来客移民地球。他们大部分的身体构造……"

"是啊，实真空泡一直在扩张。许多人都躲到地球来。传说是真的吗，躲到地球上就安全了？"她蜷缩在新买的二手风衣里，若无其事打断 J 的话题。这次也太明显了。J 猛仰脖子一口灌下剩下的酒。

不能发作。不能诱导强迫外星来客改造身体。不能让初来的外星来客接触经过改造的外星来客。不能先提到"改造身体"这四个字。

异星客保护条例出台后，相应制定的工作纪律如此要求他。

但是工作内容仍旧没变：带领刚到地球的异星客熟悉环境，使他们意识到改造身体的必要性。

在七天之内。

大多数异星客都会选择改造成地球人。J 不知道那些少数没有选择改造的异星客最后去了哪里。工作的最后一个环节，是把这些异星客带进对外总署宽敞的等候室。一屋子白的刺眼的瓷砖。

"明天去哪里？"她问。J 沉默着。他们走到地面上。空荡荡的建筑。没有树木。但是至少还有苔藓。有时候能根据苔藓的长势猜测冻土层下面街道原来的样子。只是无聊时候的猜测。永远不被证实。

她又问了一遍。得到的还是沉默。她停下脚步，仰头看天空。一枚脏兮兮的黄色斑点。"太阳？"

那曾经是地球的生命之源。"在我小时候，它还有这么大。"J用手指比划道。

"越来越小啊。灰柠檬色。"

"灰柠檬色？"J觉得好笑。他喜欢这样随心所欲的说话方式。

"按现在的距离，到达我们眼睛的光子，从太阳表面出发要用上一个星期吧。"

"嗯，据说在太阳内核的光子要用几十万年才能到达太阳表面。"

三

"博物馆。"她说。

J一度怀疑自己听错了。她从来不确切说出心里的想法。想要什么想吃什么想去哪里或者害怕什么。或许只是因为她的心里还没来得及有什么想法。有时候J会这么想到。

他们像游魂那样游荡了三天。大部分时间在地表。只要不是太冷的话。她喜欢空荡荡的建筑物，从破碎的窗户张望外面，在厚厚的灰尘下翻找研究被遗弃的物品，比如玩具。J被她带着，随机地决定做什么，在稀薄的光芒下感到越来越恍惚。却在那时候，她突然有了决定。

所以，第七天他带她去了MET（纽约大都会艺术博物馆）。那是城里少数需要买票进入的地面建筑，也是少数还有人在维护的公共场所。据J所知，她读过里面所有展品的资料，而且似乎她也能尽数记下。他疑心她藏起智慧，伪装成和人类拥有同等智力水平。没过一会，他又开始疑心就连此刻的随心所欲也是伪装。

最后一天，他忽然从恍惚中一下子跌醒过来，觉得恐惧。J无法再相信眼前这个异星客。他跟着她走过一条条长廊，巡视两边静默的展品。尽管有市政出资找人清洁，但是据说从蒙古过来的沙子还是在渐渐吞没这里。只是时间问题。J想。她并没有那么大的感触，面对人类上万年文明积累的丰硕成果她看上去无动于衷，甚至还没有她侵入别人公寓时兴奋。

"我分不清仓库、博物馆、档案室的区别。"她说。

他们很快从MET出来。当她要求去第二家博物馆的时候，J意识到自己还有十二个小时可以完成任务。到现在为止没有一点进展。之前所有的职业经验全无用处。遭遇到从未有过的挫败并没有令他颓丧。他盯着面前那张渐渐鲜活的面孔。它刚刚从博物馆幽暗阴影里进到薄银般的日光里，仿佛是某种启示。

关于自暴自弃。

那一刻，连日来僵硬的肩颈忽然放松下来。J带着她穿过东河。那座钢结构斜拉悬索桥被摧毁后，人们在原有的桥基上用碳纳米重新建了简易桥身。J从来没想过有一天自己会从那上面走。但是她坚持那么做。

有时候她会很固执，但有时候她不闻不问任由他带她到任何地方。哪怕是在最后几个小时里。到那栋灰色公寓楼的时候，他们还剩下不到八小时。她也知道七天的规定。第一天 J 给的资料上写明她有七天时间考虑是否融入人类。但是和 J 的工作守则一样，给她的通知上没有说七天之后如果不接受改造她会怎样。

电梯显然不能用。他们从楼梯攀爬向上，不去细想脚下碰到软绵绵的物体是什么，也不追究扶手上黏糊糊腥臭的粘连物的来源。J 周身鳞片发出最大强度的亮光，也只刚刚将自己照出轮廓。比起地下世界，向上去的黑暗似乎更加浓重。

推门进去前，J 也不确信这就是他们要去的地方。他很久没来过。上次是什么时候？他忽然意识到原来他也有过喜欢在地面游荡的时候。

"不是普通的住家？"她站在半散架的电脑桌前问。

不是。第一次来这儿的时候他也是这么以为，直到读到墙上的文字说明。"这里是 —— 博物馆。"尽管只有一个展览，但的确是博物馆无疑。J 这么认为。

"也是博物馆？"她在墙角捡起一两个长方形木框。底板连同曾经用来展示的部分早被自然降解。她的脸凑近。木框勾勒出她美丽的五官。"以前是用做什么的呢？"

"放置好看或者有趣的图片。"J 猜。

他们来到地上一台浅绿色的打字机前。这是目前为止他们看到唯一算是完整的物件，可能也是这间屋子唯一一件能称得上展品的东西。她望向 J。J 拉着她在房间转了一圈，看完所有丙烯酸涂料写的文字说明。

"所以说，是因为猴子的关系。"她明白了。

"还因为莎士比亚。"

"这台打字机之所以被纪念,不是因为它和其他打字机有什么区别。"

"它和其他打字机有区别。猴子们用它写出了莎士比亚戏剧。"

她蹙紧眉毛。以前人类感到痛苦和困惑时会做这样的表情。为什么要感到痛苦,或者是困惑?

"它和其他打字机有什么区别?"

"因为它参与其中,经历过。"

"经历过令它发生改变?"

"没有。"

经历如何可见,如何被展览?只能去相信它是不同。

用证明它与众不同的经历来验证经历的真实性。

J咽了口唾沫。他提醒自己没有多余的能量可以消耗。改造的时候要是把发声系统也改成蜥蜴那样该多好。"走吧。"他听到自己的声音穿过厚厚的倦意抵达。

"即使是一种样子,经历也不尽相同。所以其实也并不能归为同类。对吧?"她说。

J的心跳慢了一拍。"融入需要时间。但是第一步先从外部条件……"

她笑了。"我没有在说改造身体的事哦。"

J想说他也没有。现在进行的是一场纯粹的玩乐。还剩下七个小时。

从事这份工作后,他常常会莫名环顾四周,想要辨别隐藏在人类中的异星客。他们穿越星系团,最大限度地使用他们快要散架的航空工具，结束漫长的旅程，来到地球，为了宇宙里的一个传说，躲进人类的躯体，躲进幽蓝微弱的鳞片光芒。

生存可以简单些，也不会引起人类不必要的慌张。政府似乎是这么说的。一切为了简便和最大能效。在缺乏能源的情况下，简单化才是唯一合理的做法。

多么美。如果碰触她的皮肤，会感到柔软吗？J 那么想着的时候，一双手覆盖在他带着蹼的爪子上。是的。真的很柔软。

博物馆比想象得小，但不是那么小。房间和其他公寓打通，一共有四五个房间。他们慢慢走着，小心翼翼地落脚，以免踩坏什么曾经是很重要的东西。夜晚快要降临了吧。风从窗户灌进来。J 昏昏欲睡，像走在梦里。唯一记挂的是时间。今天是第七天。进入倒计时。恍惚间，一个念头在心里生根。他想，这倒计时属于地球。不单是她，不单是他们，不单是布鲁克林，不单是纽约，也许不单是地球，在灰蓝色的寒冷中应向他们最后的时刻。

他们进入最后一个房间。除了文字介绍外，在两个窗户间的墙壁上隐隐有着字迹。

"是个等号。"她上前抚摸斑驳墙面，在那个也许是等号的位置。

"原来是个等式。"J 以前从来没有注意到。那上面的喷漆几乎褪色了。

他们为这个发现感到兴奋，声音微微发抖。

她蹲下来研究地上一堆腐蚀的金属桶，又看相应的文字介绍，明白那是猫罐头，接着读了墙上所有说明，明白了发生过什么事。

"那只猫，它最后是死了还是活着？"

"那只猫。"J顿了一下，用了很长时间去想怎么回答。"那只猫，它是薛定谔的猫。"

她睁大眼睛，大到眼皮几乎龇裂，几乎露出那副身体里面的构造。

"它既是活着的，它又死去了。"她说出了那早被人类用到烂俗的结论。那结论似乎又以某种J永远也无法理解的方式击中她。裹在风衣的纤瘦躯体像飓风中的屋顶，J这么想到。第一次，他用了自己创作的比喻。

"带我去做改造吧。"她说。

他不记得她是否哭了。因为之后她透露的事实太过于震惊。

在第七天的倒数第三个小时。她告诉他，地球早已经不存在。她的飞船降落在独自逃向另一颗年轻恒星的大陆板块上。

北美大陆板块正独自向太阳系外漂走。连接着板块的基岩由聚变引擎推动。而维持大气层的引力场则藏在他们地下世界的最深处。

B面　博物馆之心

到末了，她告诉他，这块孤独的大陆，并且只有这块大陆，正在聚变引擎的推动下，向着太阳系以外那颗大小适中的恒星前进。

他恐怕并没有理解她的意思。震惊中，地球人把外星来客的信息当作隐喻接收下来——孤独的北美洲大陆遭到放逐，在宇宙中孤舟般漂泊颠簸。他无法去想象大陆板块连同基岩脱离地球的样子，无法去想象连接维持大气层的引力场和维持动力装置的能量核，无法想象实体本身。

除了工蜂一般的人类，还存在另外一些人。

他们努力寻找使经验成为可能的结构，试图在结构之上去理解他们的世界。那种专注投入使得他们有了蜂皇般的力量。

那个孩子从我身边走过，揿下电梯按钮，用指甲里嵌有细沙的那只手。我上了下一趟电梯，走到某一户人家的门口，按下门铃。是他的母亲开的门。

那孩子在客厅。他从一堆玩具中抬起头，朝门口望过来。小孩子们通常不这样看人。我做了简单的自我介绍。

他母亲把我请进屋。寒暄过后，女人简略提到我将要从事的工作内容，并以微妙的方式暗示了这份工作的真正性质。在确认我领会她的意图后，她欣然签订了由事务所事先拟定的劳动协议。整个过程那个孩子一直盯着我们。

并不意外。他在婴儿的时候，就是那样打量外部世界的，探究其中各种奥秘，事物之间的联系。从签订合同的那刻开始，我将有整整四年的时间与这目光相伴。这是我的工作。名义上，我是那个孩子的美术家教。但对这样几代都担任重要官职的家庭来说，有个能够低调的贴身保护孩子的人似乎并不是坏事。

在事务所的推荐下我成了那个孩子的保镖，帮助他避开所有那些隐藏在未来不可知暗流里所有可能的危险。人类，地球人，他们害怕未来，又憧憬未来。对他们而言，那是一片混沌未知的领域。什么事都可能发生。

对我而言，什么事都已经发生过了。或者说，什么事都正在发生。时间之流就在眼前，甚至不用眺目远望。过去，现在，未来，所有发生的事都在我面前呈现，叠加在三维空间上，通过距离去感知它们。这是我们与生俱来的感知方式。

因为这样，刚来到地球那段时间，花了很长时间去理解适应人类的感知方式。三维空间中由五种基本感觉器官感知到的世界。对他们而言，此刻单单意味着此刻。切片般的瞬间。独立于过去和将来。一旦明白其中关隘，伪装成他们中的一员就很简单。对他们不知道的世界保持沉默，就像一个正常人伪装盲人。

地球人看不见未来。他们中的很多人相信此刻的言行决定将来的命运。这简陋的因果关系，就好比盲人相信——盲杖敲打的声音能够决定脚下道路的方向。

并不应当去嘲笑。他们需要这样的信念。

那个孩子被安排了很多的课程，并不全都枯燥乏味。诸如柔道和小提琴，虽然一样需要苦练，但他乐在其中。然而他最热衷的，是家门口花园的沙坑。堆砌城墙、宫殿、桥梁、住屋，或者在沙面画画，主要是人脸或者汉字。他的作品和别的孩子的作品并无二样。脆弱。随时会崩塌。并无新意。对外部世界的稚劣再现。然而他在其中投注了几乎全部身心。到底是迷恋构成世界多样面貌的基本物质，还是痴迷于模拟世界的仿真造型？

我站在不远处静静观察着。望着孩子和沙坑的同时，也看见十八年后他在另一个城市里建起的博物馆。

起初？起初只是缘于一个小念头。但并不像他日后向别人讲述的故事，以一个老人的收集为契机。他没有说谎。只是那些触动人们心弦的起因往往都细微如尘埃，无法被察觉，难以被表达。在纽约读 MFA（艺术硕士）的最后半年里，他开始准备自己的毕业展。原来只是打算做关于地球人历来一些著名思想实验的摄影作品，在脑海里慢慢发酵，生出一个大胆的念头。他要建一个博物馆。那年春天，他意外地迷上博尔赫斯笔下的图书馆，在那个南美洲盲人的迷宫小径里依稀看到某种幻影，或者说可能性。

单单虚构一个博物馆已经不够，甚至在虚拟网络世界的建设也不能满足他。他需要实物。更具体真切的存在。必须有某物被留下来，事件才得以真正发生。他的一个并不亲近的朋友这样理解他的实践。事实上那个人也被他拉进一起建造博物馆的冒险中。

在他组建的团队里，有建筑师、动画师、画家、建筑家、多媒体艺术家、神经科学家、骨科专家、室内设计师、光学动力学专家、人类学家、理论物理博士，以及宇航员，还有一名分子生物专家兼兽医。其中一部分人担任顾问，负责提供切实详尽的专业知识。而另一部分人，负责创造，以他们擅长的方式。

还有另一些人，负责观看。

我看着那个孩子，他耐心耙着沙，一遍又一遍，在盛夏的烈日下一点都不感到焦躁。眼睛一阵刺痛，是汗流进了眼睛，带着咸味的刺痛。他揉了揉眼睛，趁着这个间隙评估刚才工作的成果。现在他抄起铲子将沙一点点放进橘红色的沙漏，耐心收集落下的沙子，将他们填进自制的模子里，填满，压实，用刀子抹平表面。然后……

周末没有下雨。纽约的春天还算和煦。他和一个建筑师朋友约在 HIGHLINE（纽约高线公园）见面。他们在热狗摊那儿买了两个热狗当作午餐，边走边聊。阳光在树叶和女孩的脸上跳跃着。他们交换完初步的想法。短暂的沉默后，他对着 Rojas（罗哈斯，阿根廷雕塑艺术家）巨大的水泥立方体邀请女孩参与室内设计的部分。

我看着那个孩子，他抓住模子外壳的边缘，缓慢垂直向上抬。三角形沙块脱模成型，却在落地时松散开裂……

上午过得并不顺利。出门时发现家里下水道堵了。

按照预定时间找教授讨论毕业作品却被放了鸽子。骨科专家来信说没法弄到他要的测骨龄的 X 片。从二手书摊上买了的科幻小说集意外地缺失了重要的几页。坐到图书馆的老位置，他打开计算机，收到雕塑家的邮件。

我看着那个孩子。他目不转睛地盯着从水壶花洒洒落的水流，注视着水珠隐没在沙砾中，最后连水渍都淡去。淡沙黄色的干渴。也许现在是可以重新制作沙块的时候。他掏出塑料管，用它制作最重要的长圆形沙块。在他周围是他为他要建起的城市所挖掘的壕沟……

那个博物馆最终会被建成。

建成的当天他同他的团队成员一起庆祝；某个深夜他握着女朋友的手在展品间夜巡，他真爱她专注进食小动物的模样；最失意的那段日子，每天早晨他透过万有引力公式旁边的那座窗户俯瞰这座城市睡眼惺忪的样子；再过几年，他的孩子会比他更热衷这个地方，他有了更重要的项目要去完成。

从什么时候起，我过于频繁地注视着这个孩子的未来。确切地说，是他身处博物馆的时刻。没多久，我更深地陷入对博物馆的凝视中。无论身处何时何地在做什么，总忍不住将目光投向未来纽约这一座小小的博物馆，投向它建成的第九天，第四个月零七天，第二十个月零十天，它的任何一个时刻。我尤其偏爱那些空无一人的时刻。

没有任何人。只剩下展品。我的意识巡游其间。

鲜艳的带着特殊趣味的科幻小说海报、打字机、爱因斯坦的公式、猫粮罐头、宇航服、旧照片、写字桌。大部分在二手市场随处可见的物件在这里以满有尊容的面貌被展示。我曾经仔细将它们和新出厂的商品以及普通二手商品做过比较。差别在哪？被卷入到某个重大事件——思想试验中，在使用之后又被那事件抛还给日常之中。有什么特殊的痕迹留下吗？或者有什么被剥夺去了吗？

我小心翼翼地在它们面前经过，生怕留下自己的气息，生怕我的目光留下无法逆转的改变。这些作为曾经发生事件留下的残骸，它们在这里，为了证明它们曾经参与的事件。多么不可思议，对于直面时间河流的我而言，过去未来现在总是同时呈现在眼前，从来不需要这些多余的痕迹。不需要痕迹去证明曾经发生过什么。然而这些展品，事件留下的残骸，被搁置此处，搁浅在时间河流浅滩上的莫名之物，我无法从它们身上挪开视线，犹如热爱在墓地散步的怪客，近乎痴情地凝视着它们。那时候的心情，宁静平和。身处时间之河的无止境的律动，我却感到前所未有某种近乎停止的缓慢，感知的终结，如同——死亡。

是的，所有的生命都会消失，但它们的痕迹会以某种方式留下。未必会被纪念，甚至未必会察觉，但一定会留下。

这座博物馆会比那孩子存在得更久。

比他的朋友、家人，比大多数人类存在得更久。

几百年后，当美洲大陆孤岛般飞向太阳系外寻找另一个恒星的庇护时，它仍旧伫立在它最初被建造的地方——纽约的老布鲁克林。

有一个外星人将在那里决定改造自己的身体。她也将在那里告诉地球人北美洲大陆的真相。这个真相将被当作隐喻而被记录下来。

只要正对下午五点的太阳，视线向右偏一些，越过几个恰好挡在前面的时间点，我就能看到那个隐喻被记录的瞬间。

它确实存在，并且早已存在。

这么说来，现在你们应该知道我不是地球人——地球生物。人，这个词，是地球人特有的称呼。我们不说"人"，也不喜欢被称作外星"人"。

在那个孩子四岁的时候，我成为他的保镖，伪装成人类，隐藏在这座古老的灰扑扑的城市里。城市很脏，冬天下鹅毛大雪，春天落漫天大沙。曾经是宫殿的地方，现在住着这个国家的领导人。以这块红色区域为中心，城市一圈一圈向外不断扩张，膨胀。在它臃肿的体形里装满了几百万彼此陌生的高级生命体。对于外星生物而言，没有比混迹于其中更安全的了。

我守护着那个孩子，守护着他的时间之流，保证他的现在过去将来都好无缺。他的父母很满意。孩子也很信任我。他似乎认为我会一直这样陪伴着他。

也许的确如此。也许——不是。

当我身处此刻时，目光却在那间博物馆里徜徉。我的一部分已经留在了那里。

当然，我也会死去。在某个时刻以某种方式。如果想的话，我可以看到自己的未来，知道有一天会这样离奇的死去。但是为什么要那么做。在我活着的每时每刻，都和未来共存，都与过去共存，感知时间之流的每一份律动。我的生命与其说是短暂的一条直线，不如说是混沌时空的一个永不消失的点。我从未存在也从未消失。

从这个意义上来说，我一直就在那守护着那个博物馆。

我就是博物馆那颗隐秘跳动的心脏。

我就是博物馆里那无数颗跳动着的心脏中的一颗。

相见欢

一

和 R 确认好位置之后，我立即准备出发。

每年年末，我们都会小聚一下，找个合适的馆子边吃边聊。

我和他认识十多年，彼此并不算了解，也很少聊天。我们可能算不上是朋友，但互相欣赏。这就足够了。这个世界上，许多朋友未必相互喜欢。

饭馆照旧由 R 来定。每次他都能找到好吃又冷门的饭馆。那些馆子在美食点评网上根本搜不到，菜呢，无一例外地美味可口。R 怎么发现这些馆子的？毕竟一年里大半时间他都不在地球上。我虽然好奇却从来没问过，没事的时候想想这个问题也挺有趣。我打心底里喜欢他领我去的饭馆，他也打心底里满意我这份认同。

我一阵忙碌，成功地在约定时间赶到约定地点。R 最讨厌迟到，我偏偏最不擅长准时赴约。任何超出电脑屏幕的位移，都会让我陷入计算地壳板块移动造成的误差，或者非定域问题中而无法自拔，即使有地球上空上百万颗卫星给我指路，仅靠 GPS 的坐标仍然没法帮我确定自己的位置，彷徨惘然。哪怕自动驾驶器把我送到指定地点后，我仍然能在门口迷路。医生说我患有多相认知障碍——过分思考导致的认知障碍。倒也没什么。谁没有点毛病。

R 知道我的毛病，所以把见面地点定在我绝对不会迟到的地方——我家。

门开了。R 准时出现。走吧。他说。他还是老样子，戴着黑框圆眼镜，照旧穿着那件松垮变形的毛衣，从里到外透着一股陈旧的馨香之气。他就像一个活在过去的人。也许，因为常常进行星际旅行，在太空待得太久，时间在他这里基本没留下什么痕迹。换个角度想，也许不是他显得年轻，而是超光速旅行让他回到了过去。此刻站在我面前的是过去的 R。

你跟紧我。他又说。我点点头，跟着他踏出门口。从那一刻起，他就是我的相对坐标，对我意义非凡。

我们下楼上了他的车。他坚持自己驾驶。这总是让我很紧张，一路不敢跟他说话。

"你还会紧张？"他露出笑意。

"你还那么喜欢开车。"我说。他当然喜欢开车。他喜欢驾驶一切交通工具。越快越好。所以他最后当了一名宇航运输员，开着人类有史以来最快的交通工具，穿梭在行星卫星间，运输货物。对别人来说无聊漫长的旅程，他却乐在其中。

"开车更自在。"R 说。

我明白他的意思。毕竟我们这一代是在地球上长大的。一切直觉反应都以地心引力为基础。我打开车窗，夜色和风一同灌进来，让人懒洋洋地不想深究任何事。同样的场景出现过多少次，不知道现在是记忆过去，还是大脑意识对当下的快速再现。年末，过去现在未来时间节点重合前的一瞬，万物边界模糊，又新又旧。我没法把这一切都说出来。我说，路上的车怎么这么少。

R 说不是车少，是其他车都避开我们。它们的智能系统把我们这样的人工驾驶车辆都当作高危因素。

我说，那很好啊，不是正中你下怀。

他嘿嘿笑，打开播放器。还是黑色安息日。还是《偏执狂》。

People think I'm insane because I am frowning all the time

（人们觉得我疯了，因为我成天眉头紧锁）

All day long I think of things but nothing seems to satisfy

（我一天到晚心事重重，没有一件事是顺心的）

Think I'll lose my mind if I don't find something to pacify

（要是再没什么能让我平静下来，我想我就快疯了）

Can you help me occupy my brain?

（你能帮帮我，帮我理清头绪吗？）

二

之前带我去的那些饭馆，不是深巷小店，就是高深莫测的深宅大院，招牌都没有，这次的饭馆就在路边，爽快地把车放旁边一停就好。店招牌高高挂在门口，显眼又正派，进去后却只看见一两个客人。位置好，门面又不故弄玄虚，冷清成这样，让人心底起疑。我拿眼问R怎么回事。R松散地自顾自坐下，看菜单点菜。老规矩。他点他的。我点我的。单论吃，R点的就足够好。他既懂得吃，又懂我的喜好，点的菜都是店里的特色，又照顾到人的胃，从冷盘热菜主食到甜点，搭配得当，自成系列。一趟吃下来舒舒服服，像说一个好故事。我点的杂乱无章，就像惹人厌的闲笔。

金沙莴笋卷，香煎椒盐瓜饼，青苹果山药肉包。这是我今年的闲笔。

服务员亲自过来又报了一下我们点的菜，提醒我点的这三样都是主食。我说知道了。R说没错，谢谢。

无论我怎么点，R好像从来不介意。我也因此觉得更自在。在不确定的因果链里，他的不介意好像一块浮木。

"一定好吃。"等服务员走开R向我保证。

"啊，一定。你之前带我去的几家店，后来再去好像都关了。"

"你自己又去了？"

"和朋友一起。"

"挺好啊。你要多出来走动走动。"

"可是那些店怎么就关了?"我追问。

"一直没什么客人,当然就开不下去。这家店也一样。和位置没什么关系。大家吃惯了代餐。饭馆不营销,单靠味道不可能经营下去。味觉靠不住的,很难传播开来。不过老板们应该心里都清楚。"

"他们喜欢开饭馆但是不喜欢营销。所以他们就只做他们想做的事。"我有些语无伦次。

"是,大家都一样,都正在做自己想做的事。"

显然不是。

很早之前我就发现 R 对世界的理解有块空白,类似程序 BUG(漏洞),正是那块纯白之地让他在许多事上无限宽容。我想起最近听到一个传闻,为他担心起来。

"工作还顺利?我听说 3D 打印对太空运输业造成很大冲击。"

"活儿少了。有时候要在当地等很久才能接到回地球的单。不过闲着的时候就画画。"

R 说的画画是字面意思上的画画。绝大多数时候是静物画。就是那种原始的用颜料在纸上描绘外在世界的原始艺术。做他们这行总得找点东西打发时间自娱自乐。

"有新画?那待会看。"我说。R 会不定期给我看他的画。他从不描绘诡谲壮阔的风景,一味专注微小甚至乏味的事物。我看不出哪里好,只是喜欢。看他的画时,身体感到单纯的愉悦欢快。有时候我会惋惜。如果 R 愿意和其他人一样,使用全沉浸式情景再现技术,贩卖异象，应该会是个成功的艺术家。

"没事。不至于失业。运输稀缺能源还是要靠我们。"R漫不经心地说。

我随便应了一声。

没话说了。沉默便缓缓落下。被太阳晒过的被子，熟稔温存蓬松，闭上眼睛都觉得金黄一片。对着R，可以不用说话。有些人哪怕很久不见仍然觉得亲切，有些人你永远不会问他这一年过得好不好。这一年总算过去。你对面的那个人还好好坐在那。最重要的答案早就显明。不需要多余问题。

有人打开了全息屏。大堂里一下子多出4个邋里邋遢的英国人，随着癫痫般节奏浑身抽搐，哼唱阴郁词句。

She said I've lost control again. And she screamed out kicking on her side. （她说，我又失控了。她尖叫着，让人对她一阵踢打。）

我和R同时直起身。这首歌我们好像在哪听过。不，只是我们都觉得它很熟悉。R车上有不少那个年代的歌。

英国人很快被美丽的邻国政治家取代。"年轻人是人类的希望……"他的形象连同后半句话瞬间被比邻星A的海浪淹没。海面上数百只土著海鼠手拉手，以仰泳的姿势保持某种队形，从空中俯瞰清清楚楚四个字"地球你好"。画外音絮絮描绘着科学家们如何殚精竭虑教会它们使用人类文字。

我们转回头，刚才亮起的眼神暗下一层。

服务员端来冷盘。电视仍旧停在刚才的频道。我和

R 蒙头吃菜。

我们常常以类似的方式回应世界。好恶相近得没有道理。

酒烫好了，我们分别斟上，举杯轻碰。

我说，冷盘的卤味不错。他举起已经放下的杯，祝酒道，敬原教旨吃货，不死的味蕾。我没有再碰。我说，味蕾会死。

有时候我觉得我们有相同的神经反应，大脑核磁共振图像应该高度相似，有时候又觉得，仅仅是某种残疾将我们联系在一起。

三

末了，饭馆在最后集中上了我点的菜。我对 R 说，他们更认同他，维护了他的完整叙事。R 说我醉了。我不响，掉头看电视，科学家们还在教比邻星海鼠中文。许多念头在脑海里打转。转得有些快。快得看不清。

R 要了一壶茶，倒上端在我面前。他知道我的毛病。没法确认任何事。任何事。一旦意识到自己的有限，就彻底被无限征服。一旦失去从高处俯瞰的能力，就无法再对某个东西在某个地方做出绝对表述。医生说这是多相认知障碍。他说很多人都害怕。

我盯着杯里的岩茶，棕红色液体荡漾。

当然这都是幻觉。没有所谓红色。只有落入视网膜的光子。经过折射反射后，拥有特定波长的光子刺激光敏细胞，电化学冲动信号沿视神经逐层传递，进而传递大脑视皮层。最后，大脑说，那是红色。于是，那是红色。仅仅在我们的大脑里。

"你知道——在古希腊，形容乌云的颜色和变暗的血是一个词吗？"我问。

"暗红？"

"金属的光芒和树，形容它们的颜色用的是一个词。"

R哑然。

"古希腊人分辨颜色是以明暗度区分。各种颜色都在亮色和暗色的标尺上被定义。黑色，不同的暗色，不同的亮色，白色。红色和绿色对他们来说是一回事。"

"啊，那句话，酒一样暗的大海。"R念出《奥德赛》里的著名困惑诗句。

"所以，颜色是什么？"我问。

他当然知道答案。他也知道让我困惑的不单单是颜色。

"我们看到的，40%来自大脑皮层。这个你也知道对吧。"我慢慢剥开一颗花生，"我这样对着你，从视网膜传来一点点视觉信息，是我的大脑告诉我，该怎样看该看什么该期待什么，它告诉我，如何重组一个你的图像。不单是视觉，传入的神经信息都要经过心智系统编辑，由大脑构建描绘一个可以理解的世界，一个简单易于理解的版本。"

眼前的所见，头脑里的记忆，对世界的认识，被一再确认，牢不可破对所知所在所是的固念，我们以为的世界由一系列幻觉构成。

R 放下手里的青苹果山药包，缓缓说："其他生物也一样。我们需要这个易于理解的版本。一旦环境发生某些特殊变化才能迅速做出正确反应，哪里安全，哪里危险，哪里有食物，什么情况要格外留意，什么时候要漠不关心，一切为了生存繁衍。活下去，这——定义了我们'眼中'的宇宙。"

R 说得对。我们生活在幻觉中，并且只有依靠幻觉才能活下来。我们需要，心安理得地活在明确无误的被限定的版本里。

突然，从全息海鼠的方向传来一声惊叹，好像一股甜腻的香气刮过脸颊。我看见一只成年海鼠身穿粉红色人类婴儿连体裤，前臂搂抱住科学家的脖子，头部第三呼吸器贴在科学家耳朵上。"太可爱了。这只海鼠孤儿认出当初救下它的科学家，亲昵地向他撒娇，发出类似谢谢谢谢的叫声。这表明海鼠的声带改造技术取得重大突破。"

我笑了。可是，你看，我们不单按照我们尺度去度量无限，还按照我们尺度改造触手可及的一切：动物、植物、气候，其他星球。

"只有人类会这样吧。"我问 R。

"你想要什么？"

"真相。"我说，"我想看见世界真实的样子。还有，你不是他。R 去了哪？"

那个人望着我不说话。古希腊人会如何形容他漆黑的瞳仁？金属的光芒，暗色的海，还是即将关上的沉重闸门。

他目光一错，错开我软弱焦灼的面孔，把一个病人或者醉鬼的形象从视皮层彻底抹去。然后，他低下头，慢条斯理地吃起手上剩下的半个包子。

我等他吃完。这期间，宇宙向最终热寂又迈进小小的一步。

"你什么时候看出来的。"他终于吃完，抽出纸巾擦手。

"他——从来不会问我想要什么。"我摇头。真可耻。这些幽灵身。一点也不专业。假扮一个人却对他完全不理解。"我听说过你们。"

幽灵身，受人委托假扮他人完成代办事项。生物技术足以改变人的形貌声音，却只有人类的伪装可以真正欺骗人类。他做得显然不够。"被识破了，拿不到全款。"男人看出我对此毫无兴趣，明智地转换话题。"是你的朋友，R 在线委托我向你传话——当然不是以现在这种方式——他想告诉你，你一直在找的东西他为你找到了。"

"我没找什么东西。再说，我从不对他提要求。"

男人淡漠的目光穿透我。是了。我终日无所着落的目光，拼命掩饰惊惧的振作，把自己活成一个空洞的生活，无不是向他呼喊，甚至是求救。也许，我只是一直熟视无睹他为我做的。比如那些画。

"他还寄来一幅画，让我转交给你。他要你听完我的传话，仔细考虑清楚要不要收下这幅画。"

我点点头。男人转动眼珠，据说这是在调动内置记忆体，唤起"幽灵"的方式。他开口了，用 R 说话的语调。

"这幅画是我在崔普斯特星 I 画的。离基地不远，有一块微型的不规则盆地。一条带状隆起横亘盆地东西两端。我见到它的第一眼就被它迷住了。盯着它的时间越久就越觉得它有生命。我想把它画下来给你看。世界真实面貌。好在崔普斯特星 I 的大气对颜料和纸张没有太大影响。我画得很慢，一个多月都没完成一幅画。但我不急。我以为有的是时间。可惜不是。有一天，一伙全副武装的人从天而降，封锁盆地入口，除他们外严禁任何人进。我再也没见到那道隆起，最后只能带着那幅半成品画回到地球。"

"那幅画你一直没完成。"我问。

"不。"他顿了一下。"它——完成了。"他取出一个手掌大小的画夹交给我。"不用打开，在光源正下方可以直接看。"

我第一次见这样的画夹，对着灯光，看里面的画。

那幅画出奇地——平淡无奇。写实主义风格。赤红色天空的背景下，旷野上一道靛青色隆起如巨浪般立起。隆起的表面布满无数漩涡纹理。整个隆起的轮廓如同人类的心电图。我想到了什么。"前两天新闻里说崔普斯特星发现了低等外星生命，外形和某种地质结构相似……"

"对，是它们。不过不是什么低等外星生命。你有没有想象过,一种高等智慧生物,完全不同于人类,体形不超过 1 厘米,群落式簇聚,无法自由移动,没有器官分化,拥有完全不同的感受路径,集体共享意识,并且能够同时处理各级信息。个体意识作为坚实数据基石永远不会被湮灭。它们靠群落繁殖,可以根据环境做出一定程度的改变甚至小规模移动,遇到极端环境则群落死亡。当这群智慧生物死去前,会将体内的子代散播到环境中。子代将陷入休眠状态,直到它遇到有复杂意识的生物,它将设法寄居其中,侵蚀改造它的寄主,按照它的第一任寄主的样式。我不知道最终寄主会……"

"你怎么知道这些?"我打断他。

他指着画。你不会相信的,他说。我当然不会。但是在那一刻我突然渴望去相信点什么。

"你不会相信的。"他说,"那幅画,我的确画了一半。"

我试着做出最大胆的推论。"然后,崔斯特星上的生物帮你完成了它?"

"是。有时候我想,如果我用红外摄像或者分子扫描记录它们,或许就不会有现在的后果。可我选择了每天对着它写生。我还没有在一幅画上耗费那么大的精力,简直是折磨。"他深吸气,"但这也给了它们时间,悄悄地潜入到画布上。它们是预感到什么了,还是在尝试某种交流。我不知道。但是它们的确那么潜入到画布上,完成了这幅画,在它们死亡之前释放出子代。现在这些子代正寄生在我体内。因为这样,我才看到这一切是如何发生的，才知道它们的存在。"

我说不出话。"你被寄生了？"

"是。趁着还有最后一点意识，我委托幽灵身来告诉你发生的事。但我没法告诉你我看到的一切，你必须亲身来看，一个并不简单易懂的版本。"

"你还看到了什么？"我问。

"很多。超出我们理解的异象，可能就是你说的无限。"

"真相？"

"我不知道。"

"你还活着吗？"

"活着。但我不知道是怎样活法，我没有经历过。所以你要想清楚。你有其他选择，拒绝收画，或者一把火把它烧了。"

我可以选择拒绝，也可以放一把火。要去街头捡一些枯枝，确保它们足够干燥，没有雪和雨的记忆，要小心翼翼地将它们搭建好，足够好，它们是将要烧毁无限的柴堆，值得拥有对称形状，挑出一根细枝作引火，对了，还需要一个打火机，彩色塑料外壳，足够朴素寻常，用来对抗烧毁无限的庄严感。必须是水泥地。要保护草地。

我可以那么选择的——逃跑。可是有时候，你不知道往哪个方向奔跑才是逃跑。

我打开画夹，将自己暴露在手掌般大小的靛青色面前。我瞪大双眼，竭力分辨出外星生物的尸体，或者看到 R 向我描述的奇观。

什么也没看到。什么也没发生。

我眨了下眼。一切发生得比想象的还快。

四

我看见，不，我坠入七个维度的宇宙。

时间维度，空间三维，还有那三个微小卷曲的额外维度——它们以难以想象的精妙方式卷缩，承载日常图景的溢出。比如我的身体，它正同时向七个维度展开，从出生到死亡完全分解的生命历程尽显眼底，这一生如微尘般渺小，又因完整而闪亮。

我看见，缠绕并固定卷缩维度的粒子，由它组成的暗物质，暗物质凝聚成团组成隐形星系，与众多星系的旋臂重合，像一只黑色的大手竭力将星系托住。

我看见一个高能状态的宇宙诞生，一秒之后，进入常规的低能状态。在那之后的 38 万年后，宇宙最古老的光线出现了，自由自在地传播蔓延，在它沐浴宇宙的数百亿年内，气体云、恒星、星系纷纷形成。

我看见上万种平行的七维宇宙晶体排列，每一个宇宙额外维度卷缩法都不一样。每一个宇宙里，白矮星相撞，超新星爆炸，恒星塌缩成中子星，分子云凝聚压缩启动恒星生成，正在融合的双星围绕黑洞旋转。

我看见，一张幽灵般若隐若现的蛛网横亘宇宙。

我看见好多个地球从诞生到毁灭，生物繁衍进化。

我看见海底新鲜的地壳缓慢移动，露出来自地幔的岩石，我看见岩浆在洋中脊和火山返回地表，我看见纤细的碳酸盐白色石柱伸向漆黑一片的海水，我看见自由的氧分子进入海洋和空气。

我看见质子穿过细胞膜，带动膜上的蛋白涡轮，我看见成群的 RNA（核糖核酸）不断经由互相连通的细胞混合撒对，系统扩散，占领新细胞。

我看见一个偶然的意外，锰原子簇扭曲，随之被蛋白质包裹，劈开水分子，生成氧和氢离子。

我看见团藻的光敏色素接收到光子，它细胞上鞭毛向光前行，我看见鹦鹉螺的针眼眼睛，我看见三叶虫进化出真正的成像晶状体，啊，更进化的眼睛！我透过鲨鱼的眼睛看见紫外线，透过昆虫的眼睛看见像素化图案。

我看见光，在七维宇宙里振动的波，我看到物质的原子共振起来，吸收着同频率的光，反射出另一些光。我看见电子有序地在轨道上行进，一旦捕获能量就立即跃迁。

还有……

受到干扰。空气分子在耳膜振动。有规律的。我用了很长时间来理解——有谁在叫我。

我定睛望过去。

一座庄严宏伟的建筑耸立在我面前。美丽的立柱和拱顶，对称的主体结构，倾斜的对峙，不规则与多重节奏，无论垂直还是水平方向富有韵律，音乐般和谐。

它又是运动着的，一台高度精密的机械。分解合成物质，转化电和化学信号，层层演化的部件相互协作，每一级子系统互动良好。

到处点缀着可爱的小零件。晶体蛋白完美镶嵌在眼、脑、肝、肺、脾、皮肤、小肠之中；胶原蛋白裸露在韧带、肌腱、软骨之上，赋予机械拉伸的可能。那些碳骨架上涂布的松软的电子云，那些藏在大分子结构里的双螺旋结构。

它是如此复杂，几乎是一部演化史，它又是如此简洁。

多完美的造物。神的形象。

现在，我看到了 R。他坐在我对面，叫着我的名字，就像以前每次我喝醉的时候。

接着，我看到了他的幽灵身。他的幽灵身在叫我回去，趁子代刚刚侵入，将我从无限中召回，回到简单易懂的版本中。

他还在说着什么。但我已经听不清楚了。

我所不留恋的那些正在远去。

多么快乐。

瘾

一

她从戒瘾中心回来，只身带回一个包裹。医生说，回家再打开。打开你就会明白。一定要按说的做。

医生还说，你的瘾其实已经戒除。

二

她在那待了不过一个小时。其中大部分时间在逛花园——戒瘾中心的花园。

置身其中，几近恍惚。爬山虎、紫杉、梧桐、榕树、芭蕉、黄杨、凌霄、铁心莲，还有许多不识得的植物生长在一起，繁茂森重，郁郁暗蔼，纠葛层次，难以分辨彼此，满溢到行道。树影游移。不知道哪里吹来的细细小小的风，浮动香气，形状各异的叶片随之连绵翻飞，如水波粼粼，带鳞带爪，又似乎有猛兽潜行其间，眼中燃烧带腥味的火。

医师缓缓走在前面为她带路。身影时隐时现。园中的小径曲曲直直，数不尽分岔。他们穿行在其中，寒意不知不觉沁入毛孔。她轻轻打了个冷颤。

"瘾呢，就像这些小路。"医生慢悠悠地在她耳边说，"一头是人心中欲念，可以是行为、食物、药品，因人而异。另一头则是令人快乐的多巴胺。本来没有直接联系。但如果在大脑内将两者建立奖赏通路。一旦满足欲念，大脑新纹状体的细胞会分泌大量多巴胺。人一再贪恋这快乐，就会产生更深依赖。以至于除此之外其他事都不那么带来快乐。这就是瘾了。"

她点点头，假装第一次听到这些知识。

医师继续往下说，提到医院早期用外科手术截断奖赏通路的戒瘾方法。

她想起在资料上的那些照片——

植入大脑的干扰仪。开颅手术的现场。手术失败者流涎不止的面容。

走神的时候，脖颈轻微刺痛。卡通蜜蜂造型的诊断机器人嗡嗡飞走。这蜜蜂卡通化形象，头上煞有其事地戴了顶护士帽。

第一针。

中心用诊断机器人来采集她的身体样本。

他们继续沿着小径走，不咸不淡地交谈。聊的话题多数与戒瘾无关。又或者，她已经放弃揣测对方话中的深意。任由对方话题散漫，她只按照字面意思去理解回答。已经不记得说什么。似乎是这里的植物都是之前病人委托他们照顾的，似乎还提到植物和智能硅基膜。聊了一会，可能觉得时机合适，医师切换到远程脑电通讯模式，进行意识通话。那边话毕，他告诉她中心决定接收她做病人，说着拿出合同。他叮嘱她仔细读条例。"尤其是保密免责条例。中心不承担戒断过程中不可抗因素造成的器械破坏。仪器养护的费用不在治疗费用内。中心每月结算一次。"

她一边听着絮絮话语，一边向下滑动合同页面，动作缓慢得似乎手上还提着别的重物。

合同不公平，但是她还是签了。

就在她签完字的同时，右手无名指指尖发麻，以为是微电流漏溢，没有太注意。

——这是第二针。

医师的目光在那瞬间一紧。他望着她，不说话，脸上没有一点表情。

医生。她轻声叫道。目光迎上他的视线。

嗯，走吧。医生已经得到某种确认，转身带她走上另一条小道。

他们在路尽头停下，一同望着前方地上一只半米高的正方形素白的纸箱。

医生说，这是你的，回家再打开。打开你就会明白。一定要按说的做。

医生还说，你的瘾其实已经戒除。签合同时候，我们给你注射了戒瘾的供体 DNA（脱氧核糖核酸）。

她受到震动，格外惊慌。没想到那么快。——瘾念在想象中被触动。

——目光重重落在光秃秃的指头上。

三

多年来，她像守着天大的秘密般，竭力隐藏自己小小的瘾。

从来都是分寸拿捏得当的人，如同夏日荷塘里深幽的绿色阴影，美得刚刚好，温柔得刚刚好。待人接物谦顺得体，分寸拿捏得当。如果分寸感是一种能力，她算是天赋异禀。衡量事物尺度精微到以米飞为单位。几乎从不过度。

几乎。

唯独在一样事上失控。

她着迷于啃指甲。自记事起就有这毛病，经过母亲管教，也知道在人前收敛。然而不知道什么时候越发沉迷其中。这已不再是简单的异食癖。其他事都不能给她带来乐趣。活着如同行尸走肉。用医生的话，在啃指甲和多巴胺之间的小路已经在大脑建成。等到觉察时，已经太晚。生活濒临崩溃。她竭尽全部意志力自救，寻找戒瘾中心。熟人介绍给她这家中心，并告诉她这家中心有些古怪。"不是所有的患者他们都接收，不过凡是他们接收的患者都康复了。另外，这家中心特别低调。在网上查不到任何它的信息，哪怕是权限最大的搜寻引擎。"

她上网搜了一遍，果然没有找到相关信息。最后一点描述率先获得证实。其他话也变得可信起来。

她决定去碰碰运气。

只是带着试试的心情来的，不到一小时，就被告知已经治愈。

瘾念已被消除。医生这么告诉她。

她默默接收下这个消息，慢慢消化。每个字都比指甲要坚硬和磨人。她花了一些时间消化。复杂难以言述的情绪犹如无数条冰冷的虫子沿着脊背向上蠕动。

原来手上的刺痛不是错觉。趁她签署电子合同时，他们悄悄给她注射第二针。基因戒断法。医生轻描淡写地说。他们用的是最普及平常的戒断方法，剪除"瘾"基因。就这样微小的操作，难以察觉，却不可能逆转将瘾念切断。从此她的身体意念完全在自己掌控下。

原来这样。她垂下眼帘，又随便说了几句话，就抱着包裹离开中心。

明明手中拿着东西，心里却空落落的。好像什么被偷走。曾经给她带来莫大激悦的瘾念好像多余枝叶被修剪掉。切口暴露在那儿，新鲜，凄惶。不知道拿什么来替代。

四

等她意识到，她已经动手打开纸箱。

里面端端正正放着三样东西。一颗看不出是什么植物的植物种子，一袋赤红色培养土，一个正 12 面体的碳素花盆。"种子代号 7816，专为你定制，也就是说，你的瘾被转移到它上面。希望你把它好好养大，要做的很简单，只需要把种子放进花盆，覆上培养土，定期用培养液擦洗枝叶就可以。它比野花还好养活，尽管它其实是植物 AI。"

纸箱上的说明这么写道。

植物 AI？以前倒似乎有耳闻。（经过筛选培育出的植物，在他们的细胞壁上附着一层智能硅基膜。这层硅基膜拥有智能，具备学习能力，能自行复制，以植物的生物电为能源，根据设定的程序来控制植物生长和运动。人们把这种植物细胞壁上的人工智能叫作植物 AI。）"好像是植物僵尸的姊妹款。"这话听起来就像是她说的。啊，的确是她说的。她记起在戒断中心花园里，医生向她仔细介绍过植物 AI。

医生当时还说，目前植物 AI 的造价不菲。

她轻轻把纸箱从地上挪到桌上，盯着看了很久。

有很多理由，不去养育 7816。比如对未知的恐惧，比如懒惰，比如冷淡。她讨厌麻烦，抵触外界事物侵入她的生活。

不过，如果要列出养育 7816 的理由，也不是完全没有……

她举起种子，仔仔细细打量，看不出任何特别处。

五指合拢。

——有那么一瞬间，她觉得种子轻轻跳动起来，恍然手中握着的是一颗小小心脏。

五

她曾经养过一盆多肉植物。据说，是最容易活的品种，但还是养死了。因此，种下 7816 后，她并没有期望太多。

戒瘾后那几天的生活前所未有的轻松和顺利。每天按部就班，专心处理工作和生活事务，偶尔也会恍惚，还有——怅然，好像眼角和心上多出一大块空白，白垩土一般的白。零食，酒精，游戏，全都无法填补那份空缺。不过她已经变得容易满足，心绪绵软而不定，自然而然落到她生活里唯一的不确定——7816。

一连过去几天，它始终没有动静，安卧在赤红色砂质培养土里，沉静得有些过分。到底能不能长出来？她开始不甘心起来，越来越频繁地走到花盆边上查看，结果总是再重复上一次的失望——她好像是在种植名为失望的隐形植物。

就在她打算放弃的时候，它却真的发芽了。种下去后的第五天，它破土而出。她几乎不敢相信自己的眼睛，盯着幼苗点点的新绿，惹人喜爱，下意识伸出手，只是轻轻一碰，却好像触发 7816 的开关，嫩芽迅速长大长高，眨眼工夫叶片丛生，筒状叶片肥厚，通体绿得晶莹，边缘横向明黄色云纹路勾勒，约莫四五片，叶片逐步升高，同时展开平生，一路直立向上，长到半人高的时候停下，这时又有新的叶片从叶基抽出，以令人目眩的速度生长，然后停下，如此重复，到第三回，7816突然爆发的长势戛然而止，仿佛向上蹿升燃烧的火苗忽然静止。她像是被烧到了，向后退了两步，睁大眼盯着那簇火苗。

"7816？"她小声叫道。

火苗被她惊醒，中央最高的那片叶子颤动不已，叶脉不断充盈，叶肉绽裂复制再绽裂，转眼有半人高，靠近顶端部分膨胀成椭圆形半透明的球，如同困在植物里的氢气球。

她莫名有些不安，在看到那场面之前就已经预感到什么。

整个人被又黏又湿冷的大网裹住。连吸进的空气都觉得黏腻湿冷。

"7816？"她再次唤它。

氢气球朝她转过来，向她露出下缘的弯弯沟槽——看上去像是盾状着生的叶柄，但更像是一张嫣然巧笑的嘴。

"它不会说话，对话功能不在它的基本设置里。"一个声音说。

她立即认出那个声音。

六

"是我，我现在在用中心内网和你说话。"医生的声音从花盆里传出——中心竟然在里面悄悄内置了通话器。"别担心，通话器只在几个特殊情境里激活，将你这边的情况连到我的线上，帮助我了解你的情况进行即时指导。"

"特殊情境？"

"比如现在。"

她忍不住皱眉，眼角余光仍能看到绿色气球上咧开的微笑。整件事就像一个开得过头的玩笑。

"很高兴你最后决定养育7816。当然它是你的财物，你有给它起名的权利。对，重点是——它有点特殊。现在还不明显，等它长大后它会表现出你曾经有过的瘾症，并且不断加重。你不要奇怪。这是正常现象。简单地说，我们把你的瘾移植到7816身上。"

她双手抱在胸前，竭力不让自己尖叫。医生说的每个字她都不明白。过了好久，哽在喉咙里的字才一个个被艰难吐出。

"为什么？"她问。

"这是我父亲——也就是院长的意思。他说这样是为了病人。"医生轻声笑道。

"那么你呢？你怎么想？"

"我的想法不重要。没关系，你养着就知道也挺好的，就当散心。许多病人都养着。不过你要是不想养了，就给我们打电话，我们负责回收。你记得带你参观的那个花园吧。它会在那里生活得很好。"

她深吸一口气。现在可以确定无疑。这真的是个开得过头的玩笑，过分过头的玩笑。冒着傻气，透着没有必要的恶意。

她低垂眼帘，遮掩住升腾起的怒火。

"反正没有什么坏处，为什么不试试。只是像种花一样。它比野花还好养。只要放进花盆就好。不过毕竟它是植物 AI，需要用特殊的培养土和营养液。这些中心会定时寄给你，不用担心。相关费用每个月会从你账户里自动扣除。合同上有这一条，你应该有印象。具体养育的方法……"

他不停地说着，用单调没有起伏的声音筑起壁垒。现在，她和她的植物在这一边，而另一边，隔着越来越高的壁垒，是人类可以理解的现实世界。

七

她对她的植物生出怜爱之心，在它向她张开嘴时。

她站在原地，像被驯服的野生植物，任由 7816 的叶片缠裹住手腕，拉到它跟前，又用另一张叶片卷住食指。绿色球体的脸俯下，张开黑洞洞的嘴。她甚至忘了恐惧。

植物吮吸着她，湿润黏滑，柔嫩温热，带着一丝丝轻轻吞吐的气息——闭上眼，恍若面对的是婴儿，稚嫩脆弱。无论是叶片还是叶柄施加的力，与其说是要求不如说是愿望，只要稍稍用力就可以扯断挣脱。

忽然，7816战栗起来，斑斓的叶片急摆晃人眼目。它张开嘴，头微微后仰，让手指顺势从口腔滑出，上面还沾着晶亮的口水，但几乎立刻又再次低头，用嘴唇来回摩擦她的手指，带着欲望无法满足的焦灼。

说到底，它仍旧还是幼苗。

她这么想到，也立刻明白了它想要的是什么——它想要她的指甲，却没有牙齿。

"说到底，它仍旧还是幼苗。"这一次她把这念头说出了声。

也在那刻，曾经泛起的模模糊糊对植物的柔情，在那刻升腾成确定明晰的怜爱。

她抽出手，洗净剪下一片指甲，又将指甲细心切割成小块，打磨成粉，指尖蘸取少许，举到7816的面前。7816没有动。它看着摊开在它面前的手心。她感受到它目光落下的分量，尽管对方并没有分化出类似眼睛的器官。他们都犹豫了，然后几乎同时，做出相同的决定——7816吞下了她投喂的指甲粉末。

她目不转睛地盯着7816，一个细小变化都不放过，直到确认它没有异常反应。现在还看不出它是不是从中得到满足，也无法得知它体内的消化机制如何消化这坚硬的角质蛋白。不过至少，它看起来平静，甚至有点愉悦。

为什么觉得它心情愉悦？她无法解释。

7816 一天天长大，她对它投入的关注照顾有增无减。每日充实忙碌，浇水、松土、擦拭表面，投喂指甲，每隔一周还需要彻底换培养土。这些微小平凡的事忽然变得熠熠生辉。

等到换完第二波培养土，7816 长出了它的第一颗牙，可以试着直接咬指甲，不到一周长齐了牙，洁白细小，上门牙有点长，右下第四颗第五颗牙之间的牙缝比较大。如果必要她还可以说出更多微小特征。闭上眼也毫无问题——她对自己的牙齿了若指掌。

7816 的牙完全复制了她的牙的特征。

不单是牙，嘴唇的形状、下颚的弧度，7816 的下半张脸完全复制了她的模样。中心应该不只是给它编写了瘾代码……最初发觉时，她难免毛骨悚然，明明是膨胀成球状的叶片，却有着她和她酷似的下半张脸，甚至连小动作微表情都相近。她责怪中心为什么不索性复制她整张脸，但转念一想那画面更加诡谲。中心一定是考虑过这样的可能，就像他们一定考虑过给予 7816 说话功能，然后出于同样的原因，他们否决了这两种方案。

就让它做植物好了，最多，只是一个有点特殊的植物。

不要太像人。

她认同中心对 7816 的定位。就当它是一个长得有点像她的含羞草，可以逗弄和爱抚，最重要的是，它可以以她的快乐为快乐。

或者是相反，她决意不去深究这问题。确确实实摆在她面前的事实是，当她把手指伸进 7816 的嘴里，感觉到它尖细的牙齿摩擦挤压最后找到发力点咬住指甲咬啮时，当它咽下指甲，所有叶片都欢乐摇摆时，她内心被一股甜蜜的情绪充溢。她从未体验过这样的情绪，平静又甜蜜，如同一条牛奶味的河流。

7816 长到一人高时便不再长个儿，食量也不再增加。培养土从最初的一周一换，增加到一天一换。它的瘾则一天深过一天，对指甲的欲求愈加强烈。她心甘情愿供养它。当自然生长的指甲不能满足它时。她决定采用细胞培养——这办法向来有效。重新翻出之前使用那套实验器皿。消耗品诸如营养液、固定剂、酶、清洗液、无菌测试纸之类，还有一些剩余，考虑到最佳使用期限，她重新又定了一批。不出所料，7816 的需求很快已经不是普通细胞培养可以满足。她不得不重金购入昂贵的酶催化剂。

那实在是一大笔费用。下单点击的时候脑袋发闷。那一刻，她意识到，她已经不太能理解这份不知餍足的贪婪。尽管这份贪婪饥渴曾经属于她。才过了几天。

仍旧记得当时的沉迷，当时的焦灼，当时的欢喜——好像疾速下坠，群星拖曳着星光经过。

这极乐和饥渴曾经就在她体内，如今消退为记忆，记忆再清晰，也无法重新唤起，像是看别人的故事。她咬下一块指甲，没有任何感觉。没有任何感觉。徒劳且愚蠢。

瘾已经不在她身上。

她朝 7816 望去，不知道为什么，她觉得它在看着她，用它那没有眼睑没有瞳孔的植物的目光。

八

当月电子账单寄到。上面一片赤红。

穷困潦倒到这种地步。即使她完全沉迷瘾念时，也不过如此。每月靠借贷来维持基本开销，只盼望靠着年终进项能令收支平衡。

她的所有品质里并没有无私这一项，是什么让她心甘情愿花掉几乎全部收入，为了满足别人的瘾？她为之困惑，大概也就不到三十秒的时间，心思又回到如何购买性价比更高的生活基本品上。

也不是一点好处没有。她已经变得更加上进，主动接下更多订单，忍耐更愚蠢的代码错误和上级，渴望击退其他编码工，拿到年度最高奖金。她从小被教育不要成为这样的人。

父母始终教导她温和节制，不要有竞争心。

然而母亲的反应令她出乎意料。

在每月例行的电话里，即使面对的只是全息影像，母亲仍旧轻易察觉到她的变化。微笑从老人发光的肌肤里浮出。她轻轻点头说你现在看上去像个普通人了，而且是普通编码工，挺好。

她追问，你不是不喜欢我做工人吗？

老夫人抬起眼睛，从眼镜后面望着她。这目光她儿时领教过无数回，好像倾空的碗底。

你本来希望我长大了做什么？她不甘心继续追问。

老夫人垂下眼睛，挺拔娇小的全息影像一阵乱颤。

她心软下来。答案一直在那里。老夫人知道，她也知道，她还知道为什么老夫人对她有那样的期望。

她知道。

因为知道，所以最终，她没有去做。

她选择做一名编码工。

普通到平庸。渴望更多金钱。养了植物 AI。白白浪费从母亲身上继承来的天赋。

至少可以安心做事，工作生活都没有影响。老夫人这么回答的，她也是这么想。

7816 负担上瘾，她负责活下去。

她给自己的瘾找了一副身体。

通话结束，每次都是这么令人疲惫。她长出口气。7816 躁动起来。

她额外给 7816 喂了一份指甲，注视着它嘴唇嚅动浑身快乐打颤的模样，她感到暖洋洋的喜悦，之前仿佛碎裂的身心浸淫在温暖里得以重新愈合，或者至少——可以无视。安然回到晴明平和的小世界里。

如果不是有额外订单，不得不强制自己加班工作，她大概会一直盯着它看很久，不舍得从它身边离开，哪怕只是去一墙之隔的外间。

54

原来看着自己欲望被满足也会如此幸福，她心想。

晚上她梦见7816。但是梦本身就足以令人惊骇。在这之前，她从来不做梦，或者从来不记得梦。在梦里她牵着7816的手，绿色晶莹、有骨有肉、动静脉俱全的柔弱小手，小手上覆盖细细的茸毛，她捧起小手，一遍又一遍轻抚它。在梦里，她觉得它好像逆光下奔跑在麦田里的少年，又好像陷落羽毛世界的少女。这当然没有道理。在梦里她清晰地意识到这点。一点，她甚至明白，那不会是7816的小手。它的叶片肉质没有分支，更没有茸毛。

可在下一个瞬间，她立即忘却这个疑点，几乎贪恋地温存地抚摸着它的手掌。食指从小手的一个手指游移到另一个手指。

也许该给它起个名字了。

它不仅有她的瘾，有她的半张脸，在梦里，它继承了来自她的更多特性。

在梦里，她只看它的手，却好像看见了它的全部。

在梦里，她好像什么都知道了。

醒过来，却把这些都忘掉了。

单单记得她做了个梦，有她，有7816。她对梦恋恋不舍。

九

她开始常常喃喃低语。呼吸般细微的声响絮絮不断，振动着空气。

都是无关紧要的话。从一个话题滑落到另一个话题。有时候仅仅是简单抱怨当天房间里的湿度。

所有的话语都是奔向 7816 的。

她对它说话。

当她工作时,当她为别的琐事忙碌时,当她无法挨近它,或者无法用目光守护它时,就用声音维系着他们之间的纽带,用声音不断提醒他们彼此的存在。当她对它说话时,她就感到安心。这当然不是深思熟虑的结果。她都不能确认它的确真的在听。

然后,有一天,7816 叶子沙沙作响,最外围的叶片的尖端向内翻起,形成一个精巧的绿色涡卷。她不记得自己是怎么离开座位来到 7816 身边的。

她好像是哭了。

现在,在这世上最快乐的事就是看到它快乐。每天最满足的时刻就是满足它的瘾。她为此倾尽全力。

“我小时候特别讨厌这个。明明是食物,为什么要把它做得像肥料一样。”她一边搅拌碗里的氮粉一边说道,“现在长大了才觉出它的好。包装一撕,开水一冲。简单省事。”——并且便宜。

她已经吃了将近一个月的氮粉,三餐都吃,吃到反胃。只要闻到那味道呼吸就沉重起来。

7816 没有察觉到她的异常,也根本没在听她说什么。它的心思全在刚刚吞下的那片指甲上。

——不应该喂它的。她心想，随即被这横生出来的恶意狠狠吓到。

"7816！"她高声喊着，慌忙掩饰。

然而植物无动于衷。它已经不在这里。它早已经褪下肉身，灵魂出窍，独自前往神秘幽冥的异世界，不断深入，像下坠，又像飞升，只有无限没有边界。那世界她曾经到过，曾经领略过。如今站在外面。

"7816！"她呼喊着它的代号，说着连自己都觉得无趣的话。只是为了发出一些声音而已。

这一次，她注意到了——7816叶片上的涡卷消失了。当然，她早就应该看透这小小的把戏。它早就有自己的听觉器官，细胞壁、纤维素、硅晶或者别的什么？至于叶片上这形状像耳朵的涡卷不过是讨好她的小手段。而她竟然很吃这一套。

她没有再呼喊它的勇气。眼前这棵植物全然沉浸在独属于它的神秘奥义中，尽管只有短短那么几十分钟。但在这几十分钟里，它获得了虚假却足以乱真的信念。在这十几分钟里，它强大而完整，不需要任何人。就像中心花园里那些抛弃原生面貌野蛮生长的植物一样。

她感到痛彻心扉。那哀恸迅疾又剧烈。她已经失去了它了吗？不。她安慰自己，它此时去的世界，正是她曾经待过的世界。过不久，它还是会回来，饱足甜蜜。

她曾经也那样幸福过。

我是可以理解它的，毕竟我们都为同一件古怪的事痴迷。她这样对自己说。似乎为了更好地说服自己，她觉得自己有义务重新回忆起那种幸福。做点什么重新唤起那时的感觉，打捞起一点她曾经的执迷贪恋也好。只要一点点的痴迷，她就可以进入它的那个极乐世界。

她拿起并打开培养皿。

里面，角质蛋白的模样平淡无奇，甚至还有点恶心。

医生的回访通话打断了她。医生还是原来的样子，随随便便地聊过几句后，他表示放心，那你就这样养着它吧，他还说，中心会给培养土老客户照顾，一个合理的优惠价。她报以笑脸。当然，她太需要这样的照顾。她可以借此稍微丰富一下食谱，偶尔吃一两顿正常的饭菜。还可以少接几单活儿，让眼睛休息一会。还有其他卑微的要求。稍微提升一下个人的生活质量。她只顾着憧憬而没有察觉，直到通话结束医生声音消散给她留出一大片静默里，她无处可躲，被一股坚硬野蛮的力量迎面撞上，被攥紧狠狠地摔在地上。她认出那力量——是愤怒。

她把所有的给了它。它却当她不存在。

（对 7816？对自己？对医生还是对瘾？也许都是。）

那刹那，大脑一片空白。

再回过神，培养皿在地上四分五裂。里面培养的指甲，曾经像珍珠般浸淫在营养液里熠熠生辉，此刻像尸体一样躺在她的脚边。墙上桌上地上手上，星星点点，到处是培养液的水渍，遇空气氧化成猩红色。仿佛模拟的杀人现场。

没事的，就是打碎一个培养皿。

她蹲下身收拾，一边拿话安慰7816，却并不认为它会注意到这小小的意外。但是——她错了。墙角一阵躁动。她循声望去，看到7816浑身上下透射出奇异的光亮。整个身体朝她扭转，全部叶片竭力朝这边伸展，叶片在半空绷得笔直，眼看就要被自己生生扯断。它徒劳地不顾一切地要够及那片已经没有价值的指甲。

原来只要摔碎一个培养皿，就能让它听她说话。这样就能让它注意到她。她一直用错了方法。

啊，你注意到了啊。她听到自己在对7816这么说。声音陌生得像别人。

7816没有回答。它的程序里没有和人类对话功能的代码。但是它能理解人类的语言，也能理解现在发生的一切。

不只是一个培养皿。

现在，它比她更洞悉她的心思意念。也许，它也已经预知到将要发生什么。想到这，她无声地笑了起来。对不起，手滑了一下。我来收拾一下。她说着，右手一挥。几个培养皿相继被扫下桌。

她继续柔声安慰。大部分损坏都可以修复，或者用3D打印重造，培养液不行。之前培养的角质蛋白也都被污染。不巧，成型的指甲已经用完。今天晚上，恐怕没有指甲可以供养你了。

7816一阵阵痉挛，周身笼罩在光焰中，不顾一切，不惜违反植物生长机能，向她逼近。在枝条末端生出卷须。

以前都是我靠近你。没想到有一天会这样。她继续
说着。声调里抑制不住的欣慰爽快。手一直在抖。同样
抑制不住。那双手，好像也是别人的手。她的手，她的
声音，她的躯干，她的意识已经都不是她的了，轻盈优
雅，充满活力，随内心奔涌的音乐而舞蹈。身体不断撞
向屋子里一排排储物架。储物架一个接着一个轰然倒下，
试管培养基化学试剂如重雨般砸落。

好久没有那么快乐了，心脏乱跳。她摇摇晃晃地站
起身，小心翼翼地避开玻璃碴儿，打量着一片狼藉的屋
子。然而在那之前，她就已经开始说话。她在耐心地向
7816 解释——

啊，你看我。真对不起。一定是太累了。工作设备
也遭损坏，大量数据需要恢复。12 小时内不搞定，之后
是否能百分百找回就是未知数。还有生活用品。我们没
有闲钱重新购置，只能靠 3D 打印机在家里费时费力的
DIY。还有培养液，恐怕过几天才能买，我们手头的现
金不够。你看我，太困了。也许我该给自己放个假。

她讲道，声调轻快，滔滔不绝，尽职尽责地抚慰着
7816。什么也无法阻止她。7816 在呻吟，接着它哭了，
婴儿般呜咽，随之低泣，被抑制的委屈的哭声。暗淡的
叶片捂住它的嘴。然而声音没有消失。哭声从地下横生
的根系经过叶片，透过表皮气孔。每一条叶脉里流淌着
痛苦，岩浆般滚烫的焦灼。枝叶彼此纠缠扭绞，以制对
方于死地的疯狂决心。

她丝毫不为所动，无限耐心地解释着，一遍遍倒着之前说过的话。说话的时候，手上一刻也没有停下。正如她所说，有太多事需要她操持。她太忙了，忙到之后都不会有时间看上它一眼。至少今天晚上没这个时间。断瘾当然痛苦。她经历过自然知道。毕竟这瘾曾是她的。

轮到她了。

现在轮到她心无旁骛，不理会其他打扰。

叶片高频振动，植物发出绿色的尖叫——听起来和人类和她的差不多。

她死死抑制住喉咙口的尖叫。只不过，她的尖叫不是因为痛苦，而是出自狂喜。

十

说到底，它还是依赖她。

经历了一晚上的折磨，7816 萎靡不堪，一半的茎叶此刻贴在她伸出的手臂上，脑袋完全依偎在她的肩膀上。叶子摩挲着发出难以言喻的细小声音，它用这来表达它柔软微小的意志。

她抚摸它的脑勺，发出无意义的轻声呢喃，回应着7816 的呢喃，满腔柔情。她也曾经像这样撒娇过。她的母亲也曾这样回应过。她们曾经如此亲近——母亲永远不会真正原谅她。因为她继承了母亲的天赋，却拒绝成为母亲的另一副身体。

7816 的嘴凑向她的中指，那上面指甲早已被剪得光秃。不过她也知道只要愿意，还是能从上面咬下一丁点指甲，只要不在乎她会因此受伤流血。

看它，它依赖她；而她，对它心怀眷恋。

她竟然真的感到快乐。她所养育的，满足着她的瘾。听起来邪恶，却是真实的。

一阵钻心的疼痛。她知道 7816 得到它想要的了。

那本来是我的。她意味深长地笑着，动手撕去 7816一片叶子的尖端。

会有点疼，但并不致命。

7816 抽动着叶片，茎秆涨得通红，虽然疼痛，却完全不影响它忘情咀嚼那新鲜祭品。

当天晚上，她给戒瘾中心打了个电话。

第二天，中心的人来回收 7816，驾轻就熟，很快结束。"我说过的，你可以放心，没有问题。一切都在预料中。"

"为什么？"

"没有多少人愿意无私供养除自己以外的身体，即便里面盛放他的瘾。"

"中心会继续养育这些回收植物吗？在你们的花园里？"她问。

医生看了她一眼，什么也没说，微笑着从她手里拿走签字确认过的弃养书。

孢子

这是个小故事，别期望太多。

它从一开始就径直奔向结局。

我从没有想过有一天我会真的落笔写下这个故事。

第一次看见她，我并不觉得会有什么事发生。

在这个城市，真的没有什么事值得发生。

他们管这里叫艾城，也有人叫镜城。好在实际上它并不像它的名字那么矫情。

四个月下雪，六个月大雾。放眼望去，到处是被废弃的工业区、疏于照看的历史建筑、烂尾的居民园区工程、不成功的实验性城市雕塑和装置、有待修缮和规划的道路。

这里不缺破碎的希望，不缺空置的废楼，不缺半途而废的尝试。最初的北半球强电子工业区的宏图大志破灭后，艺术家被一车皮一车皮地运过来。守门人就是那个时候来的。他对我说上面之所以这么做是希望能用艺术家把这里的地价炒上去。怎么炒？我问。用艺术家和

64

艺术把地皮养起来。他说，但是谁想到没过多久，兴起了星球殖民潮。这块就被放弃了。留下了我们，一批没用的人，再后来你们又来了，不断有人来，全地球没用的人都被吸引到这里。守门人说。

我不知道她算不算没用的人。遇到她的时候，她应该刚到艾城不久，有些迷茫，无所事事。

那是春天，雪刚化，阳光是暖的，风凉丝丝的。她坐在墙头。我仰头看着她雪白的长腿轻轻晃动，看到太阳移了位置，直射而来的阳光差点刺伤眼睛。像早春山上没有化开的积雪，很久没有看到那么耀眼的东西了。

"好看吗？"她看向我。我点点头。她弯腰俯身，观察墙面上腿的投影——那影子像两条鱼自由自在地游来游去。我兴致盎然地陪在一边，欣赏着。过了一会儿，我问她要不要下来，一起吃点东西。她盘起腿思考起来。换作我，这样坐在墙上，一定会从上面摔下来。我还在走神的工夫，她已经轻轻跳下，落到我身边。我闻到一股味道，像海盐，或者风里盐的味道。

但是，一个 AI 不该有任何味道。

我一眼就看出她是个 AI。她太美了。颧骨很高，眼窝很浅，五官犹如雕琢一般，精致地分布在典型的东方面孔上，那面孔轮廓清晰，完全对称，皮肤雪白，隐隐透出青色血管，身体修长挺拔。她美得就像一把刀刃很薄的刀。只有头发被剪得很潦草，黑得发蓝的短发直愣愣地竖着。即使终日沉溺于虚构空间的传奇故事，我也不会真的以为自己在艾城随随便便就搭讪到一个那么漂亮的人类女孩子。

又是一个从哪里逃跑的 AI。从什么时候起，在各地流传着艾城是自由之城的说法，吸引着各色各样的人投奔。其中包括"离家出走"的 AI。他们抛下过去，背负着他们的秘密，逃到这里为自己奋力赢得一个藏身之处。有些人成功了，有些人没有。

逃跑这种事，大部分时候要看运气。

我带她去了河边，一边看浅滩上的芦苇，一边吃莴笋三明治。她吃的样子很像真的，咀嚼吞咽的动作标准又不失风格，甚至还有品尝回味的间断。一个好的 AI 必须得体，不招人厌烦。她做得很好。她一边吃着，一边露出愉悦满足的表情——在一个导致自然微笑的特定程序的作用下。她不用知道这个微笑意味着什么。她不用知道这个微笑对我意味着什么。在她们的程序里没有对他人长久注视做出反馈的算法。这样真好。能够长久注视一个人，彼此都不尴尬。

"这头发是你自己剪的?"我问。

她停下来，扭头看我，眼神充满困惑。她在想如何回答我这个问题，还是在想怎么在这个问题上向我说谎? 她的瞳仁颜色制造得过分的黑，和发色一个问题。

"好吃吗?"我继续假装自己不知道她是个 AI 的事实。

"嗯。"又一个微笑。

"吃完了，我带你去看看我工作的地方吧。"我用食指擦掉她嘴角的酸奶油。

是不是所有在外面游荡的 AI 都渴望被人带回家，一个暂时的避风港？有一点可以肯定，那些独自游荡在外面的 AI，哪怕是在艾城，一样会被回收。所以我觉得她应该很高兴。我轻易就把她带回到工作室。难道她们都不害怕吗？如果被带到更奇怪的地方，瞬即滑入更加悲惨的命运。

AI 会恐惧吗？

不过也有某个人类带陌生 AI 回家后被 AI 绞杀的传闻。

不劳而获，上街就能捡一个方便实用的 AI？只有成天做白日梦的可怜虫才会指望这种事吧。没想到有一天我竟然也会带着一个 AI 回家。

这样的偶遇完全可以是她精心设计的结果。但是，图什么呢？除了一份可怜巴巴的工作，我一无所有。AI 不会想要这份工作。创造她的人应该也没有这份心思。

也许是因为太久没出门。也许是因为刚在刺影节前交付新的刺影图纸——为了这张设计稿，足足一个月的时间里我把自己关在工作室，殚精竭虑，几乎将自己逼疯。直到那天完成了初稿，紧绷的身心松懈下来，决定出去散心。又也许，因为那天对我来说是个特别的日子。我不知道是不是出于这个原因才会一反常态冒险把一个不知底细的 AI 带回家。但有一点是真的。那天我心情真的不错，不错到也许真的会随便把什么奇怪的东西带回实验室。

在实验室里，我给她看培养皿，看刺青染料，纳米机器人的储存模块，当然还有最重要的——刺青孢子。隔离罩下紫萼色蕨类上的孢子，看起来过分的不起眼。然而就是这些孢子一旦落到人的皮肤组织上，就会刺破真皮，染料落在破损细胞周围，在自带纳米机器人的推进下，根据我们的设计图案扎根在表皮与真皮间，完成刺青图案。和普通的刺青不同，刺青孢子完成的刺青很快就会消失。三天后，无论是刺青染料还是进入机体的纳米机器人都会被人体自动代谢。多耀眼复杂的图案都不会留下一点痕迹，因此这种孢子刺青的方法也被称为影子刺青，或者刺影。

她对孢子的兴趣不大。毕竟在没有真的进入人体开始作用前，这些孢子看起来平淡无奇。但是如果她见到——她会见到吗？转身来到绘图间，我打开工作台的灯，把绘图工具展示给她看，一个乏味到连空气都干燥的工作场所。随后我们进到花房。半机械花朵已经组装生成完毕，具备生物花朵的外貌，复瓣小朵，每支三五朵，重重叠叠的花瓣挤成一团团，大片大片粉红色的花朵灿若云霞，几乎将水平展开的灰绿色花萼完全淹没。

她看上去仍然没有什么兴趣。也难怪，毕竟现在它们也只是一些寻常开放的花朵。这样的场景，像她这样的 AI 根本不为所动。我想告诉她眼前的这些看起来普通的花朵将携带刺青孢子，在刺影日那天夜晚被发射到空中，它们将绽放出火焰般的光芒，按照事先输入的算法组合成队形，变幻出致绚致幻的图案，然后随风散落，将孢子播散到底下狂欢的半裸人群，在他们身上种上刺影——三天后会自然代谢的刺青。然而不知道为什么，迎着她冷漠的神情，我只是简单地说："看，这就是刺影日那天会被发射到夜空、烟花般绽放又落下的花朵。每片花瓣上都会附带刺青孢子。"

"能够刺青的孢子？"

"孢子只是实施操作的一个工具。这些孢子一旦落到皮肤组织上，立即刺破真皮，染料落在破损细胞周围，在它携带的纳米机器人的推进下，根据随机选择的图案，使染料扎根在表皮与真皮间。一个纳米机器人存有上千套图案。那些图案就是我们在制图室里设计出来的。按刺影协会规定，每个图案只能被使用一次。这个规定尽管毫无道理，却被严格执行。因此，每年刺影日都会消耗大量图案。在下一年刺影日到来之前，我们都必须设计大量新的图案。"她打了个哈欠。原来她这一代 AI 已经具备表达情感的能力。她并不感兴趣呢。可笑的是前一秒，我还在疑虑是不是告诉她太多。我连忙草草结束这个话题。"总的来说，刺青这件事还由人在做，而不是孢子。"

我到底是在说什么？说到底，我们这一代刺影师，只不过是设计刺影图案的手工艺人。然而最初，真正操作整个刺影过程的，的确是刺影师。那时候的刺影师是植被建模师、纳米机器专家、分子生物学家，重要的当然是图形艺术家。他们需要从头做起，设计花瓣飞舞的路线，培育新型植物作为孢子的寄生场所，制作半机械花朵的机械部分，设计孢子和纳米机器人代谢机制。守门人是第一个也是迄今为止最杰出的刺影师，是他开创了刺影术这一绚烂瑰丽、耗费大量人力物力却什么也留不下来的艺术。穷尽心血的设计，精妙的刺青笔触，只过三天就被人体代谢得一点痕迹也没有。没有一点意义。毫无意义到仿佛是在嘲笑世上所有的意义。灿若烟花转瞬即逝的美丽，将理智短暂抛弃在安全范围内的狂欢，穷尽一切煞有其事的末日式消费。刺影、皮肤、半裸、性、酒精和药。他知道人们会喜欢这套。事实证明他是对的。全世界的人，包括那些太空殖民地上的人，统统都买他的账，不远万里来到这里，从黄牛那里花上几倍的价钱买一张到艾城的车票，和几十个陌生人挤在一间臭气熏天的酒店房间，冒着被抢、被偷、被强奸的危险，来这里过刺影日。守门人真是天才。如果他去从商，应该富可敌国，说不定都能买下整个太阳系的宇宙飞船队。但守门人只是守门人。我曾经问过他为什么给自己起这个外号。这外号听起来特别傻。"我要守住时间的大门，不让过去从这扇门溜走。过去不应该被遗忘。没有过去的现在就是地狱。"他那么回答道。

我没忍住，笑出了声。这番话简直土得掉渣，好像二十世纪出土的文物上的说辞，带着迂腐可笑的坚定气息——中二。

"你在笑什么？"AI不解地望着我。我慌忙收回不知不觉展开的笑容。即使今天，守门人冒着傻气的措辞都能逗笑我。

是不是所有的下一代都会这么嘲笑上一代？是不是所有的儿子都不可能理解父亲？守门人是我的父亲。如果可以选，他一定不想要我这样不成器的儿子。"没什么。"我冲 AI 傻笑。据说她们内部有一套算法，调动云上储存的个人信息，以及现场当事人的生理数值，通过计算预先可以知道人类的情绪，也就是说我的笑容是无效的。她看着我，就好像看着一堆数字。我看着她，就像看着一团不祥却迷人的光焰。她们和刺影一样美丽，却不能自行代谢，自行消失。当人们不需要他们的时候，他们仍旧存在。他们不懂得在正确的时候正确地消失。这是他们的悲哀。比这个更悲哀的是，此时此刻，我明明知道怎么回事，却无法克制地，由衷地希望能哄她高兴。"喏，工作室就是这个样子。人类工作的地方都特别无聊吧。"我赶紧闭上嘴，差点说漏嘴问她以前从事的职业。理论上，我并不知道她是 AI。这对我们两个都更好。

"原来这就是工作室。我想看看你是怎么工作的？"她眨眨眼。这句话说得太不自然，她的表情也有些僵硬。超负荷大数据运算时，她们就会这样。现在只是说句话，她就已经显得吃力。这是 AI 老化的前期征兆。我低头看地上，我们俩的脚靠得很近。她连脚背弓起的弧度都那么美。

"我的工作就是做一些简单的图形设计，没什么意思。"我说。

"我想看。"她坚持道。尽管不知道为什么她会对这份无聊的工作那么感兴趣，但你就是没有办法拒绝一个那么漂亮的女孩。不过如果对方是 AI，似乎努力一下还是可以拒绝的。但在那天，我不想拒绝任何一个人。我在绘图板前坐下，打开视窗从图库调出以往的设计。图案逐一浮现在空气中发出莹莹铂金蚀刻的光芒。她望着它们，眼神里闪过同样颜色的光。

我突然坐下，抓起阴极笔，在图板上落下第一笔。第一笔有点犹豫，小心翼翼地落下，小心翼翼地止笔，在落下第二笔之前，我屏住呼吸，呼唤刚才电光闪念间在大脑深处跳闪的灵感，一股暖流，久违的迫切感，隐隐牵动着全身的热望，赋予心跳另一种节奏——那是诉说的欲望。我抓住它，就像抓住夜空中洒落的花火⋯⋯

目瞪口呆。我怔怔望着初稿。我已经很久没用这么快的速度设计出一幅画稿了。而且，还是那么美的一幅画稿。

"这是什么？" AI 问。

"刚才突然想到一幅刺影的设计图。我编写程序代码，把这组代码图形化后再经过几轮基本变形，就成了现在这幅图像。"

"程序代码？做什么用途的？"

"我随意编写的一组算法，并不真的有效。只是假设这世界有那么一种算法，如果输入这组代码，会令被输入的主机表现出对特定事物感兴趣的样子。很奇怪的算法吧，但也许这世界上真的有程序员在编写这套算法呢。"我不由异想天开起来。

她点点头，明白了我的灵感来源。"我喜欢它们。"她用指尖轻触悬浮在面前的一个图案。图案一亮随之碎成光尘，她轻轻跳起，踮起脚尖原地转了一圈。她们是用这种方式表达快乐的吗？我看得入迷。没有料到她忽然从我手里拿过笔，修改起刚才的图案。她的笔法娴熟，不仅如此……

守门人一直说我不是一个天生的刺影师，我的笔触总是——太现实。"总是从现实出发。你设计的画稿总是现实世界在刺影世界里的投影。这也没什么不好，只是太接地气，有些无聊。"他不止一次说过。

可是难道他不知道，他是最没资格说这些话的人。没有人比他更执着于在刺影世界里留下现实世界的影子。这本来就是他创造出刺影术的原因。他用这种方式守住今日现实世界的大门。

那一定是发生在别的陆地的事情，异常遥远，无论是时间还是空间上。除了守门人外，没有听过第二个人提起。我一度怀疑过它的真实性，那场波及整个大陆持续数日的集体屠戮。守门人说，杀戮犹如热病突然爆发，在这之前毫无征兆。那时他还是一个孩子，家庭和睦美满。祖父曾经是当地一名低阶官员，几年前因为同情外星殖民开拓者的关系，被撤职查办，连同全家都被定为敌对分子，要求每日出门必须戴上淡蓝色胸章——一个可以被其他公民随意羞辱的标志。尽管如此，总体来说，守门人一家的生活还算是安稳平静。只要能够忍耐生活上的一些不方便——比如工作限制，住房限制，就医入学申请，购买限量物品时优先级靠后，就不会觉得日子太糟糕。那样过了好几年。全家人早就接受并且习惯这样的命运。守门人和他的家人认为他们已经经历了最坏的事。生活不会变得更糟糕。

就某种意义来说，生活的确不会变得更糟糕。

守门人的父亲是在下班回家时在住宅区门口遭到邻居们围堵。他被拖到喷水池里，在挣扎着逃脱后，又被再次擒住，被死死摁倒在地上。这一次人们决定把仪式感放在一边，直接开始动手。他们用花铲、水果刀、气动车锁，一切能找到的现成工具围殴眼前这个试图逃跑的男人。他们过了很久才停手。他们甚至根本不用去确认地上血肉模糊的一团是否真的已经死了。早在他们停下来前很久，他就应该已经死了。那是一个漫长混乱的过程，没有人确切地知道他是死于谁之手，哪一击是致命一击。尸体被挂到园中高的那棵树上，如果不仔细辨认，很难认出他是谁。因此守门人的母亲和年幼的两个妹妹毫不知情地从那棵树下经过，没有任何防备地回到家里。那应该只是一个普通的黄昏，女人和孩子相互帮助着开始准备晚饭，等待其余的家人回来。但是那天人们闯进了他们家，守门人的母亲和妹妹被单手吊着逼问家里其他男人的下落，在僵持几小时后，他们和其他敌对分子一起被拖到顶楼，被迫从那里跳下。那天黄昏，不仅他们一家，整座城市，尤其是城西区，毫无预兆地爆发针对淡蓝色胸章的集体屠戮。这场屠戮一共持续了十六天。受害者大多数以家庭为单位，被民间自发组织的人群围攻处以极刑，只要戴着淡蓝色胸章，包括男性婴儿，根据官方事后调查数据，受害者共 544 人。尽管始于官方要求严厉看管敌对分子及其家属的宣传，但谁也不知道为什么会忽然间发生大规模集体杀戮。凶手获得了前所未有的正当性，可以用简单粗暴的手段、原始的工具杀害他的邻居和同事，哪怕对方只是流泪央求的小孩。

守门人的爷爷，那个让整个家族蒙羞并且被迫戴上淡蓝色胸章的男人，在屠戮爆发后的第九天冒险回家，他本来被调到别的城市进行大规模集体批判，恰好可以躲过一劫，却担心家人安危而偷偷潜回家，最终落得和他的儿子一样的下场。

至于守门人，他告诉我，他在听到家人遇害的消息后，立即跑去最近的警署当着警员的面砸坏门前警示灯，被当场逮捕入狱，因此活了下来。那场杀戮，就像一场噩梦。突然开始，又戛然而止。残忍可怖，却无迹可寻。对于没有亲身经历过的人来说，过于残暴又没有原因，毫无真实性可言。哪怕受害者中有我血脉相连的亲人，我仍旧无法真的相信那些事曾经发生过。无论守门人对我讲述多少次，我仍然无法和守门人感同身受。我和他不一样。

他在死亡里长大，有着一双幸存者的眼睛。糟糕的是，他从没有打算遗忘。在那个城市发生的事，相继也在其他地方爆发，就像一场突然暴发的疫病大面积地传播开来，但很快又得到有效抑制。十六天后一切归于平静。只过了两年，那场集体屠戮就被彻底遗忘。即使没有人为有意的干预控制，它也会被多数人遗忘。被害者绝大多数惨遭灭族，凶手则急于脱罪。而历史，它从来就不由幸存者书写。

守门人一定尝试过许多方法，最后他创造了刺影术。这应该是他最后的希望。之前所有以各种形式试图记录并且讲述当时那场梦魇般的屠戮，都告知以失败。文字、录音、影像、雕塑、装置、舞台剧都被禁止，被抹除净尽。在国家意志和个人高度默契的合作下，这个国家完成了一场彻底的记忆切割术。即使是受害者，也急于抛下那段历史，急于整装待发开始新的生活。只有守门人例外。只有他拒绝遗忘。

最后，他创造出了刺影术，在亿万陌生人的皮肤上画下了那噩梦般的十六天。他画下母亲抱着婴儿高空坠地的瞬间，画下孩子被邻居叔叔用绳套住脖子拖行四五百米、在地上留下的轨迹，画下祖母为孙子求饶的眼泪，画下第一个受害者遭到围殴时惊骇的面孔，画下沾血和脑浆的木棒、铲子、锁链，画下骄蛮通红的眼睛，画下树下累累果实般悬坠的死者，画下天空的乌鸦。几何形状，数字，奥尔梅克文字，阿尔塔米拉岩画的变体，密集的色点，大面积色块，当然还有传统日本刺青元素，尽数成为他隐晦言说的音节，再现当日种种。等到十六小时过后，图案会被自然代谢，他小心翼翼、曲折婉转的述说将归于沉寂。那段被唤起的历史，在大多数人意识到它是什么之前，就再度隐没于黑暗中。我从来不明白守门人为什么一而再再而三地讲述那些故事，一次次将自己掷入寒彻骨髓的憎恨与恐惧中。那是其他幸存者不惜一切想要抛弃的噩梦。至于游客，这些前来领受他的刺影图的人，能有万分之一的人明白他的深意吗？对他们来说，半机械花朵在夜空绽放洒下的孢子，在皮肤上画下的图案，不过是些好看的花纹、狂欢的附属品、艾城的当地特色。对许多人来说，充其量不过如此。

尽管那夜的记忆如此绚烂璀璨，但不消几个月，最多一年记忆就会褪色消隐，没入遗忘的大海。或许，这也就是为什么刺影术被允许留下来。我想上面并不是没有看出刺影图案的玄机，只是刺影图太隐晦、太含糊不清，又消失得那么快。他们相信这不会造成任何危险。他们一定是这么想的。

换句话说，守门人的刺影术没有什么影响，不会唤起任何记忆，除了他自己的。

我曾经不止一次在和他的争吵中冷酷无情地道破真相。他所执着的记忆，只对他自己有意义。连我，他的儿子，也不愿意去背负这份记忆。一份毫无意义的记忆。他为此付出一生，并要求我也这样。我不愿意。

"关键是你根本不合格。"当我冲他大喊我不愿意时，他会用同样冷酷的方式道破另一个真相。

是的，我没有才华。作为他的亲生骨肉、自然交配的随机产物，我既没有继承他的才华，也没有继承他的那段记忆。为什么要继承？既然那个人生下我，我只是承载他个人记忆的载体，传承他隐秘记忆术的传人，那么，放弃继承就是我最好的报复。我绝对不是他的孢子。

我喜欢看他眼里闪过的痛苦和焦灼，我那么看的时候从不去想这个人是我的父亲。我那么年轻，那么平静，有的是时间，足以压垮他。直到五年前的一天面对我空洞卖弄的刺影设计图时，守门人不再竭尽所能地羞辱我。他沉默了。长时间的沉默。他凝视着设计稿，目光穿透石墨烯平板，落在某个我永远不可及的世界。有那么一瞬间，我几乎以为这幅经过 DAF 化[1] 的身体忽然变得苍老。他抬起头转向我，用从没有过的眼神看着我，迷茫而温柔，看得我心慌。第二天，守门人走了。没有人知道他去了哪里，也没有人想到有朝一日他会这样决绝地不辞而别，只留下他的刺影术，还有那些从他那里继承刺影术的刺影师，比如我。

我常常会在梦中想起那眼神，那张脸。我有着与他相像的面容，却无法拥有那眼神。他看起来就像是一个被长期囚禁的犯人将要被提前释放的样子。借着残存的梦的余温，我试图去破解那眼神所代表的意义。一个独自背负历史片段试图唤起整个时代记忆的男人，在那个时候到底在想什么。在他终于死心，明白我的无可救药，明白我拒绝接受孢子那样的使命，明白我宁愿毁掉自己做一个不入流的刺影师也不如他所愿继承那段黑暗历史

1　DAF 化，虚构的基因手术，去除细胞衰老因子。DAF 为"衰老因子"的英文简称。

的记忆时，他又在哪里找到了新的希望。

　　他的其他学生吗？是，他们不像我这样抵触守门人的期望，不像我那么痛恨他，但他们也并不在乎守门人想要传达的内容。他们学习着刺影技艺，从事着刺影术，同时漫不经心地背叛了守门人。

　　守门人走了。他留下我们，他技艺的传人，用他教给我们的方法创造在夜空绽燃的半机械花朵传播的孢子，孢子内的纳米机器人，无穷尽繁复变化的刺影图案。然而这一切，没有灵魂，用他的话来说。但是我们不在乎。刺影术只是生计，为了讨成千上万来艾城的游客欢喜。街头涂鸦派的那些人因此看不起我们，认为我们不过是卖艺人，出卖精神和技艺，然而尽管他们的涂鸦寓意深刻，却没法养活他们，又有什么用？

　　她画得格外的好。绘图板上，线条流畅地顺着阴极笔生发，色彩随之唤出。即使知道这些线条笔画对她一个人工智能而言只是算法而已，我仍然会被画面本身打动。这就是人类吧。

　　几分钟过去，她已经完成了两幅设计稿。她看起来十分着迷，全心投入正开始画起第三幅。我注视着她的设计稿，隐隐有什么东西要从那两张成稿里跳出。我以前从未看过这样的几何形状交叠，是我最大胆的想象都不曾触及的奇异组合，却跳动着令人不安的熟悉感。我看得眼皮发热，慌忙将目光落到别处。

　　"你不喜欢？"她察觉到我的慌张。

　　"对了，你叫什么名字？"我用问题回答问题。

　　这次，她停下手中的笔，抬起头认认真真地打量我。我下意识地避开她的视线，心里却清楚此刻我的血液流速和荷尔蒙分子早就出卖了我。在她们面前，人类所有的克制和礼仪、伪装与诡计都毫无用武之地。我们在她们眼里，赤身裸体，毫无遮掩。她抱着我，身体紧贴着身体。裸露的肌肤柔软温暖。我没有想太多。

　　我什么都没想，就像顺着温暖洋流的鱼，自然而然地迎上去。一个动作回应着一个动作，一个潮湿的吻回应着一阵战栗。她一定早已经洞悉我的欲念，还有孤独。

　　守门人走后，我再也没有和任何碳基或者硅基生命体共同生活过。刚开始的时候，我还总忍不住幻想他会突然回来，便不由得一次次预演他回来后我们相处的场景。那样子过了一年。等到我放弃希望时，才发现自己无法再忍受和其他人共同生活。我是刺影师，我热爱轻盈的生活。没有历史，没有他人。这是我唯一能够胜任的生活。尽管有时候，在特定的几天，会孤独得要死。

　　而她就是恰好在这个时候出现了，如同应季的花朵。

　　我压住她，紧紧抓住她的手腕，如果不这样，我们都会被我身体涌出的狂喜冲走。她身体的味道真好闻。海盐的味道。我们停下来。我躺在那里一动不动，看着她整理衣衫。她被设计得就像老式电影里的女人，羞涩地背对着刚刚交欢过的男人，垂首给裸露的身体重新套上衣服。她身上的汗水亮晶晶的，有一滴汗顺着背脊滚落到尾椎。

　　我看到了那串数字，就在尾椎的位置。应该是生产日期，或者是软件输入的日期，一般人们把后者作为 AI 出品日期。所谓被注入"灵魂"的日子，也有人戏称那天是 AI 的生日……那日期是今天。

我忽然想起另一件事。守门人身上有着和 AI 一样的味道。在他屈指可数的拥抱里，还是幼儿的我曾经一次次贪婪在海风般温暖粗糙的气息里抓取一点点父爱。

如同遭到电击，我跳起来。脑海闪过的念头实在太可怕。我冲到石墨烯屏翻看她的设计稿，从磁核云中调出守门人的设计稿，无须机器比照……我终于知道刚才让人心慌的熟悉感是从哪儿来的。

毫无疑问，她设计刺影的才能源自守门人。也许守门人参与了全部制作过程，也许仅仅负责编写绘图的代码。也许是大批量，也许只有这一个。这些都不重要。重要的是他造出了百分百传承他技艺和灵魂的刺影艺术家。她们将完整地继承她们从没有经历过的历史，并辗转记录传播，一次次徒劳地刻在别人的皮肤上，一次次消逝。她们是比我更合格的继承者。我恍然大悟，终于明白守门人后那个眼神里所蕴藏的是什么？是答案。

血脉里没有记忆，没有对记忆的渴求，所谓血脉不过是碱基对排列顺序。血脉做不到的，算法可以，代码可以。在我和守门人这场关于历史的战争中，他赢了。

他制造出真正意义上的完美孢子。

她们将代替我，成为他真正意义上的后代，他记忆和技艺的传承者。

我曾经因为他生下我只为了继承他的记忆而痛恨他，

痛恨他生下我。现在，又因为他夺走我传承者的身份而愤怒，痛恨他抛弃我。

是的，他抛弃了我。阴郁的怒火在身体静静燃烧。

似乎是为了嘲笑我，他选择了我的生日作为 AI 的出品期。我们都是他的孩子。他在同一天里创造了我们，并将我们放逐。

这就是 AI 出现在艾城的原因。他设计了让 AI 回到艾城的程序。这样她们可以有机会进入我们的实验室，开始工作。我恨我的父亲，这个困在过去的亡灵。他也许早在他至今没有明白缘由的杀戮里死去。往日是什么，往日注定应该被一个个明天代谢掉。他是赢了，却以一种荒诞无效的结果赢了。哪怕有一天整个地球上都是刺影，但不会有人明白它们曾经代表什么，或者试图代表什么。历史会被遗忘，绘图语言也是。它们将只是一些漂亮的图案，指向虚无。

"你去哪儿?" AI 看到我走出房间，轻轻问道。

"去去就回。还有……"

"什么?"

"生日快乐。"我对她微笑，满含深情和歉意。和这个世界上大多数的温柔并无二致。

她真美丽。

我没有回去。一直等到回收救护车炫目的红光打到墙上，又闪烁着远去，我才拖着步子缓缓回到空无一人的实验室。他们把 AI 带走了。

这一次，我仍旧没有让守门人赢。他洒向这世界的记忆孢子被回收了。生下我是一个错误。生下我，对他来说曾经只是对一份记忆的拷贝，一颗记忆孢子。也许不太成功，但仍然是一颗记忆孢子。但是，在我出卖 AI 的那一刻起，生下我将意味着另一件事。生下我将意味着刻意抹除记忆，意味着遗忘，意味着是一个错误。

从那一刻起，生下我的那天，不再会被我憎恶，而应当被纪念。

据说 AI 没有挣扎反抗，完全顺从他们的安排。有一瞬间，我真的在想如果把她留在身边也不会太麻烦。但是不，我太习惯一个人了。我问自己，如果不知道她是守门人制造的用来超越我、替代我的刺影师，我会不会向回收救护站举报她。

也许还是会的，我不知道。真相怎样从来都不重要。

等到明天夜晚，一声礼炮会在河岸空地响起。硕大璀璨的花火会在夜空绽放，那下面无数黑影沸腾着。无论男女，几近半裸，他们会向着空中悠悠荡荡、飘落旋转的花瓣展开身体，暴露出更大面积的肌肤，迎接着花瓣上的刺青孢子。又一连放出三朵花火。这些夜幕之上的绝美花树会转瞬即逝，却在瞬间将时间所有光华都尽数绽放，而下一瞬息，粉色的花瓣如雪般崩落，接着是海风，整座城市都在花瓣下战栗。然而现在是黄昏。天空疲惫安详，绯红色云朵下，一丝风都没有。十九年前的今天，我作为守门人的儿子来到这个世上。我轻盈得承载不了任何重荷的人生在那时候开始。

我说过这个故事很短，从一开始就注定结尾，注定的，我背叛了守门人，背叛了 AI。我爬上工作室的房顶，站在城市高高的楼上，接近夜空。风吹过，穿过胸膛。

我闻到一股熟悉的味道，像海盐，也像——眼泪被吹干的味道。

我是否曾经渴望被爱？渴望成为一个值得被爱的人？

对了，这才是我。从未被爱过，也不值得被爱。

只是一粒孢子，却连七十二小时的记忆都给不了人。

一七六一

A 六一

他夺路而逃；他取出手机数据卡掰断踩碎，把手机抛进滚滚西流的河里；他在超市洗手间对着镜子切开脖子处表皮，挖出社保芯片，接着又切开大腿根部，在股动脉附近找到超感脱敏药栓、低频微血管清洁仪，全部取出，一股脑扔到路边一辆垃圾车上。靠着动物般的本能，他潜入到迷宫般的地下铁轨世界，并找到一段废弃多年的路段作为藏身之处。

这些，都被我看在眼里。

我看着他把身上所有可能追踪到个人位置的物件全部丢掉，在北方黄昏绯红的云彩下，画出一条条美丽的抛物线。

和其他人一样，他们天真地以为就此甩掉了监视，再也不用担心任何监察，彻底地隐身于大城市里。如果他们不犯事，我会让他们一直生活在这样的幻觉中。

如果连续几年他们都表现得人畜无害，我就会把他们的名字从监视名单上划掉。他们的幻觉不再是幻觉。他们将拥有货真价实的普通人生活。

不会有人知道他们是神经改造者。就像那些出厂返修的产品经过严格质检之后，会被不动声色地放回货架。而我就是那个不被产品知道的质检人员。

我看着他仓皇跑进郊外废弃的地铁入口。地下世界并不比地上安全太多。他很警觉，挑了一个还没被人占了的偏僻站台，睡在轨道和站台交接处一个凹槽里，在距离睡觉地方两三米远的位置伪装了一个睡铺，还在站台两头安装了那种百科全书上教的简易陷阱、大型老鼠夹之类。那个人时刻保持高度戒备，不放过每一个闯入他地盘的黑影——其中有一半是误闯，另一半则试着想看看能从这捡到什么便宜——都被他用陷阱或者扔出的自制闪光弹给吓跑了。选择地下世界生活的人，一般都不愿意惹麻烦，或者说他们已经惹了足够大的麻烦，够自己用一辈子的了。

拟态红外线侦测仪不断传来图像，通过它我看着他在黑暗中建立起自己的巢穴，几乎对他产生敬佩之情。

他只是个普通的改造者，做了个常规的小手术。资料上写得很清楚：略略降低了大脑的 NE/5-HT 受体敏感性。车后座几百个监视屏上追踪的人当中，有百分之六七十做的都是这个手术。

但没有人像他那样。

他是个天生的亡命徒，机敏果断狡黠。

　　几乎所有被改造者都希望隐瞒被改造的事实。但不是所有人都会选择潜进地下世界。

　　更不是所有改造者都会从体内取出全部植入物——就算他们知道这些植入物可能被定位，暴露他们的行踪。当看见他从超市洗手间出来时裤子上渗出的血渍时，我整个人都木了。传说核武器发明前的战场上，老兵会在没有麻药情况下切开皮肤拿出子弹弹头。我一直都不相信这些硬汉传说。

　　直到那刻。

　　真的需要做到这种程度吗？我监视过太多的改造者，只有他这样决绝地选择了亡命徒的生活。不单单要逃避过去，逃避改造者的身份，更像要就此和人类文明诀别。我对他产生了好奇，也许，还有别的。不得不承认，在他身上投入的时间要比别人多一些，尽管一开始还不是很明显。

　　理论上，我要同时对几百个改造者负责。车上每个监视屏上不间断将他们一言一行即时传输，主机有算法，一旦发现问题立刻会通知最近的监察员以及医院。但为了防止改造者使用干扰器之类的手段，或者黑进系统（以前的确有人这么做过），公司又再安排一个人类监察员，监视屏幕，并且每一个小时，随机选择一个改造者实地跟踪监控。

　　总会有一些不可控的情况，所以，双重保险。

　　虽然有点无聊，人们逃避过去的方式大同小异。但我喜欢这份工作，每天从一个人的生活跳到另一个人的生活，却又完全旁观，没有任何牵连。直到遇到他。

等我发觉时，已经晚了。每天有大半时间我都在全神贯注地看着他那一块监视屏。我变换了几次监视屏的位置，结果无论怎么换，在那几百个屏幕里，视线总会不由自主地落到他的那块监视屏，即使挪开，没多久又会回到他那。

对了，他的代号是十七。

我不知道他的名字。

很难解释他是怎么掌握这些生存策略和手段的。设置陷阱，用捡来的废弃材料制作闪光弹，寻找安全可以食用的食物，这些本领显然不是天生就有的，也不是光靠在网上课程就能学会的。资料显示，他之前并不具备这些技能。经过仔细观察，发现确保他活下来的技能是在实践中逐渐熟练的。

一开始，他的表现很糟。从手术昏迷中醒来的片刻，他完全陷入混乱，出现强烈的应激反应，目光狰狞地盯着一个恰好从他身边走过的路人。他看那个人的样子，已经不是恐怖可以形容。我从没在任何生物身上看到过这样的目光。那目光仿佛一下子洞穿人类世界，直抵地狱，一下子被输入人类历史几千万兆比特的信息，整张脸整个人都在这些信息重担压迫下扭曲。每当回放当时场景时，我把镜头定格在他脸上，推近，再推近，一直到整个屏幕只剩下那双眼睛。美丽的淡褐色虹膜，光线经过分子散射穿过虹膜基质上恰到好处的黑色素，落入瞳孔。——神秘漆黑的瞳孔。那双眼睛的视网膜到底接受了什么样的信息。

监视屏上图像无法显示。

即便把图像放大每一个虹膜基质细胞的黑色素都清晰可见，仍然无法得知。

他到底看见了什么，或者以为看见了什么？

我想知道。

当然，那个被他盯着的路人受到了惊吓仓皇躲开。我怕他会追上去攻击，正要向他发射麻醉弹头，手指即刻就要扣动扳机——这还是我第一次准备对改造者采取极端安全措施——他突然跳起，连滚带爬地仓皇逃走了。他逃跑的样子极度狼狈，步子迈得时大时小，不停地撞到各种东西上。大概跑出五六十米后，他渐渐恢复正常。我对着表格做了人工评估，和主机给出的判断一样——这个改造者当前状况稳定，继续观察。

之后没多久，他就在废弃的地铁站找到容身之地，隐匿在恶徒藏身的地下世界。他适应得相当好，尽管初来乍到，完全谈不上强壮，没有武器也没有钱，却能够凭着自己本事不受制于任何人。一次深夜，他冒险来到城里最有名的餐饮街，找点热量高的食物而不是什么吃剩下的代餐。结果意外在停车场的入口捡到一件皮衣。皮衣很大，不是他的尺寸，但却可以让他过冬时候有个更暖和的窝。他刚把皮衣套到身上，一个高出他两个头的流浪汉就出现在他身后。"这件皮衣是我的。"流浪汉对十七说。

"哦，是你不小心把它弄丢了？"

"我放在酒吧门口，和人干架的时候顺手脱的。那小子吃了不少苦头。"大汉缓缓逼近他。

"酒吧门口？"十七抬眼飞快了瞄了一眼对方，"衣服不是你的。"他说得十分肯定。目光却四处游移，竭力回避着流浪汉。

"小子，找茬是吧？"对方已经失去耐心。

接下来发生的事，即使我反复回放慢进慢退，也仍旧不能完全明白。

十七抬起头缓缓将目光对准大汉。一瞬间他的眼神变得空洞，身体因为痛苦而颤抖。他忍受着，或者说是在迎接这莫名之痛，仿佛有什么进入了他的身体。他的面容随之变得迷茫。那些倾入所有精神力于某一件事上的人专有的迷茫。在最后几次的回放中，我抓住了他脸上闪过的困惑和挫败。但总体而言，那时候，这个人仿佛已经不在他身处的时空里了。

流浪汉显然没有发现他的变化。没有察觉十七身上透出的古怪又危险的气息。我要是他，就不会贸然上前。

对流浪汉来说，十七不过是另一个流浪汉，看上去又那么瘦弱，远不是他对手。所以他先动手了。他一把朝十七的领子抓去。他抓住了，十七没能躲开，被他拉到身边。流浪汉正准备扒下那件衣服，双手却无力地垂落下来。

流浪汉忽然哀号，松开十七，跌坐在地上，双手捂着左膝。

"混蛋，把这个给我。"他伸手企图去够十七。这一次他要的不是皮衣，而是十七手里的光子震动干扰器。

十七往后一闪，躲开了。

"你怎么知道我膝盖受过伤，装了辅助器？"

如果流浪汉不说，我恐怕要费好一番功夫才能发现他的膝盖动过手术，安装了机电驱动的仿生辅助器。这种辅助器十分稳定，一般情况不会出岔子。除非附近有一台功率一样的干扰器。十七手里恰好有那么一台。

流浪汉的问题也是我的问题。为什么十七知道流浪汉膝盖有辅助器，还恰好有一台干扰器，还恰好调到了和辅助器一样的频率。

流浪汉想不明白，但困惑没法止痛。高大沉重的身体因为疼痛蜷缩起来。他开始哀求十七关掉干扰器。

"它的有效直径只有500米，看，我自己做的。"十七看了看手上的干扰器，神情复杂。有点自豪，也有点局促不安，据我所知，这是他第一次使用干扰器。"你别追过来。"

十七迈步跑起来，只过了几秒钟，又折回来。他小心翼翼地靠近还瘫坐在地上的流浪汉。那具庞大身躯此时已经没有威胁，但十七仍旧不朝他看，神情略带羞愧。

他冲流浪汉伸出手，低声嘟囔了一句。流浪汉没听清。他被迫重复了一遍，转向一边的目光又多了几分羞愧。"联络码给我。"他喊道。

流浪汉当时愣住了。他应该没想到自己会被反抢。"什么码？我没有。"

十七举起干扰器。"所有地下医生都给自己的病人发联络码。给你做膝盖手术的大夫也不例外吧？"地下医生和地下病人一样，到处流窜，躲避随时会来的危险，联络码可以随时向医生提出定位要求。医生根据自身情况决定同意与否。除此外联络码还有充值功能，一次性存入一定金额后，之后的诊费药费都有折扣优惠，将医生和病人的关系牢牢绑定。

"他没给我。真的，他没给过我联络码。真的。"大汉说，"他不挪窝，一直就待在老地方。"

大汉看了一眼十七手里的干扰器，犹豫了一下。

在出卖医生和疼痛之间做了选择。

"你知道我要问什么。"十七瘦削脸上隐约浮出一丝笑意。

"嗯。"大汉点头，把地下诊所的地址给了十七。

第二天，他找到那家地下诊所。流浪汉给的地址，与其说是地址，不如说是谜语，在他所说的对应地点，是港口区一座高架桥上的天桥。天桥上空无一物。这一带白天都见不到什么人。十七站在天桥上，冲着栏杆上斑驳锈迹发愣。明晃晃的世界让他不知所措。他已经很久没有站到太阳底下了。

一条石墨烯软梯从天桥底下探出，笔直向上攀挂在十七右边的天桥栏杆上。这应该算是一种邀请吧。十七心领神会翻过栏杆抓住绳梯，刚在上面站稳，绳梯猛一震，松开栏杆，带着他缓慢向回收，径直送进了天桥底下倒悬的屋子里。难以置信。

一家倒挂在天桥上的地下诊所。感应门在十七身后迅速合上，差点把我的侦测仪挡在外面。

"谁告诉你这个地方的？"一个老头从屋子深处的阴影里现身。

事实上他甚至不能算真的老头。从外貌很难判断年龄。那张脸一定动过手术。只是他藏而不露的眼神、佝偻的步态无不传达这个信息："他是一个老人，老到已经不能再伤害任何人"。十七垂着脑袋看着自己的脚尖。

"一个流浪汉。"

老人从头到脚打量他，注意到这个年轻人身上那分几乎病态的羞怯。

"你有什么事？"他问。

"我想做光分扫描。"十七从口袋里掏出整整齐齐一叠钱。

老头接过钱："做哪？"

"脑。"

主机已经率先发出警报。监视车上红色警灯疾闪，车内壁一片刺目的红，仿佛杀人现场，也仿佛我大脑内真实写照。此刻我血压飙升，眼看血管真的要爆裂。我按掉警报。过了好一会，高频警报声仍在脑内萦绕。比这要命的是那个该死的检查。

迄今为止，从没有一个改造者要求做脑部检查。他到底想要知道什么？哪里发生问题了？每天我严格核查他的行为曲线，公式计算后结果表明他的各方面指数都正常。手术毫无疑问是成功的。几天的跟踪监视也证实这一点。

发生了什么？这是他想弄清楚的，也是我想弄清楚的。只不过，我想在他之前先把问题弄明白。他们说，永远不要让对手掌握先机。

但是十七不是我的对手。至少目前为止。

除非他要做逆向修复手术，消除之前手术的影响。按照改造者监视安全章程，一旦出现这类迹象，监视者须立即对监视对象行使极端管制。

所以你到底要做什么，十七？

我盯着那块巴掌大的监视屏，不放过每个细节，小心翼翼地遥控侦测仪位置，转到理想角度。盯到眼睛快要出血……

"结果出来了。"老头关掉成像仪说道。

那瞬间，我能感觉我和他的心以同样节奏猛烈撞击胸腔。

"没什么不正常。就是你看，"老头指着大脑全息投影上枕叶位置的阴影，说，"这里局部回路神经元数量有些多。我做了细胞学检查，都是正常的神经元。你觉得有什么不对劲吗？"

十七摇头。

老头盯着十七看了一会。"你脸色不太好。因为神经元数量增多，大脑耗氧量会比正常人高出许多，所以会觉得乏力，呼吸困难。只要不做特别剧烈的运动就好。比如女人。"老头歪嘴一笑，他显然喜欢这样的段子，"开个玩笑。"

"我喜欢动物。"十七回答，随即挤出一个笑脸，对着地面，"开个玩笑。"

老头笑了，突然冲到十七面前，揿住他肩膀。十七慌忙反抗。两个人纠缠在一块，身体贴着身体，脸贴着脸。"你眼睛怎么了？不能看人吗？"老头抽出一只手，抓住十七下巴，强迫十七望着他。

十七扭过头，又被硬生生掰回来。他闭上眼睛："别这样，别这样"。

"忍耐一会。你不是也想知道答案吗？"

听到这句话，十七安静下来。他好像用上了全身力气来抬起这无比沉重的眼皮。一滴汗水顺着脸颊落下。他睁开眼，缓缓地把目光转向老头。

一声短促的尖叫，说不清是痛苦还是恐惧，或者两者兼有。

他们四目相对，两张脸又几乎贴在一起。两个男人靠得那么近全然忘我地注视对方。经典的歌剧男伶定格造型，但是那个样子绝对不好笑。

十七上身极力后仰，似乎要把自己嵌进背后的墙体，为了躲开某个我们都看不见的怪物。他显然很痛苦。额头青筋爆出，牙关紧咬，眼睛——我又看到那个眼神——侦测仪镜头推进再推进。整个监视屏被那对淡褐色的虹膜充满。奇妙的纹理，我还从没那么认真地凝视过一个人的眼睛。多么神秘，我能这样看到他的眼睛，却对它所见之物一无所知。

你看到了什么？我凑上去，鼻尖碰到监视屏里他淡褐色虹膜。

"好了。没事了。"麦克里传来老头的声音。

我退后，把侦测仪镜头拉开到正常距离。倒桂的房间里，老头已经松开十七，回到刚才站的位置。轻描淡写地说着话，仿佛刚才的事根本没发生。

"西红柿和帕尔马干酪。"

"什么？"十七一下子没有明白。

"多吃这两样东西，还有肉酱意粉。问题不大。你需要摄入更多的谷氨酸，哦，还有钙离子。简单地说，就是对你脑子有好处。"

"你知道……"十七犹豫了。

"看到微创伤口了。在目透镜下看，还是很清楚。别担心，我确认过了，只是个普通的改造术。"老头安慰了他没能说出口的担心。一个地下医生最重要的职业素养就是深谙人性。

"所以，我一切都正常。"

"正常得不能再正常。"老头耸肩。

一阵爆破声，强气流裹挟碎片。屋子里的两个人被掀翻在地。文件、收据、小物件，以及原来墙壁的碎片高高飞起穿过被炸开的洞，往天桥底下落。

蒙面人从烟雾粉尘中现身。倒挂下来的身影好像只是幻影。他面朝诊所，举起双手，随即身子一卷，迅疾翻身上桥。整个过程一气呵成，让人不由赞叹动作流畅优雅以及富有想象力的出场。等过了片刻，才会反应过来。蒙面人手拿的是一把枪。他刚刚冲屋里开枪了。

一切发生太快了。

十七愣愣地看着不断涌出的血没过手背，还有倒在他怀里的老头。子弹正中老头心脏。凶手枪法一流。

血不断往外涌。明明应该没救了。老头不知道从哪里来的力气牢牢抓住十七，从喉咙里发出咕咕的声音。十七这时才真正缓过神，总算明白自己应该立刻脱身。正在挣脱老头的时候，脚步声纷杳而至。嘭一声房间一角的暗门被撞开，十几个身着护士服的大汉鱼贯涌入，团团围住老头。

"不是我。我是来看病的。"十七站到一边。

那些人不理睬他，合力把老头抬到里面房间，开始实施急救。看得出，他们都有点经验。而且幸运的是，老头的心脏偏左。子弹没有射中心脏，只是穿过了主动脉。任何一家地下医院都会有定向细胞再生分子胶带，快速修复受损血管，合成血液。老头得救了。

十七和我都松了口气。回头看那些人，反而脸色铁青，束手无措的样子。

"你有再生分子胶带吧?"十七朝房间里那台冷柜瞥了一眼。

"不行。"

"什么不行?"

"我们不知道他的血型。不知道用几型的溶剂。"

"扫身份识别码就能显示。脖子那，我刚才看见的。"

"老头所有官方资料，名字年龄血型，没有一样是真的……"他们中的一个吞吞吐吐地回答道。

"他请黑客篡改了所有个人信息。"另一人补充道。

是了，任何一个有脑子的地下医生一定会想方设法黑掉自己的个人信息。不只是地下医生，许多放弃光明生活的人，抛弃作为太阳底下人的身份，无论生死都不要被找到，无论做什么，也不要留下身体证据。对地下世界的人来说，只要一想到这些信息存在政府档案库，一定会如坐针毡。

"现在交叉配血？"

"来不及！"男护士们哭出声。

我看着他。没日没夜。起初是为了工作，后来因为好奇，现在呢——我不知道。坐在驾驶座透过车前窗，或者站在监视屏前，一看就一天。尽管这样，我仍旧不明白。为什么事情会发展到这个地步。

一开始，当然，因为那个地下医生。

他本应该死于大失血，或者因为用错再生胶带，血管堵塞而死。紧要关头，十七"猜中"了他的血型，"说服"其他人跟他一起拿老头的性命赌一把。

他们赢了。老头得救。

和后来在地下世界传开的版本不同，十七并没有使用武力，也没有"浑身散发出摄人的光芒令在场的人屈服"。他和其他人一样被吓坏了，不知所措。唯一不同的是他恰恰知道点什么，却又并不确定。他只是迫于形势紧急，被迫说出老头的血型，被迫表现得很肯定。对身处绝望的人而言，这丁点儿表现出来的肯定已经足够。

B，Rh 阴，P。十七对着那些人大喊。我一遍遍回放他那时大喊的样子。快进快退。尤其痴迷于他行将开口前的表情。那瞬间在他脸上泛起了某种言喻的痛苦，以及谜一般的坚决。

对其他人而言，他是不是表现出人们希望的那种镇定自若的气势，这不重要。重要的是，他给出的判断是对的。

十七的事很快传开。地下世界渴望鲜血和传奇。一些人陆陆续续地来找十七。他们等在他可能出现的地方，截住他，有礼貌或者粗鲁地问。最初一两个人只是好奇，想亲眼看看他，或许还能沾点运气；然后有人忍不住提问，试探性的，十七会挑选问题回答。他知道哪些问题重要，至少并非出于恶意或者无聊。他告诉那些人哪里可以找到食物或多年前的失物，向他们解释多年前曾经伤害他们的言行是否值得原谅、是否出于误会，他们的敌手可能的弱点在哪里，甚至开始帮助人们消除争端，彼此和解，还有规划他们的人生。

他知道一些事情，一些除了当事者，甚至当事者都不知道的事情。没人知道他是怎么知道。

不，他不通灵。

他向那些人解释。

不，他也不是先知。

但是没有用。

两天不到，整个地下世界都知道十七的存在。他们锲而不舍地守在每个他可能经过的路口，死皮赖脸地拜托熟人辗转给他留话，更有人带着武器闯进十七的地盘。

我亲眼看见一个来找他的恶棍，在看到他的时候，双眼充盈泪水。开始有人默默地跟随他，保护他。女人给他弄来干净的衣服，小孩为他偷新鲜的水果。

他一再解释，他的话只是凑巧对了。实际上如果人们记性好，就应该知道他也犯错。在可以用对错判定的问题里，他至少有百分三十五的错误率。但是除了他没有人提起这些错误。

不，我不知道这一切是怎么发生的，事态怎么脱轨向这么一个方向发展的。可怕的是，在我的内心深处，并不觉得那些人荒唐。

当你单独面对这样一个瘦小脆弱的人，当你向他抛出一个可能已经折磨你半辈子的问题，当他低垂着眼睛缓缓朝你望来，你看到那双淡褐色的眼睛，那目光单单笼罩着你，如同和煦的阳光——那种只有在金融区天空下才有的高级阳光，然后你会感受到他的痛苦，极力忍耐，试图掩盖在苍白皮肤下的荆棘之痛，这时候他的眼神已经穿透你，他独自陷入黑暗中，那黑暗，仿佛大爆炸之前的混沌世界，空间时间皆不存在，没有人们熟知的一切，只剩下他，不，连他自己也被湮没到黑暗之中，只剩那目光，穿透一切的目光，冷漠又渴望，然后你意

识到，你终于意识到，他在为你受苦，为你小小的愚蠢
的烦恼受苦。

当你面对以上一切的时候，你会不会毫不犹豫地像
地下世界的人那样深深爱着他？

我会。

诊所枪击后的第十天。

诊所那边传信来说老头恢复得不错，希望见十七。
十七去了。

诊所修复如初。老头躺在自己家的病床上，气色不
错的样子。也许是错觉，但侦测仪进屋的时候，我觉得
老头朝镜头瞅了一眼。

十七斜睨墙角，冲老头挥手打招呼。"大夫，你没事
吧。"说完，他自己笑了。

"没人找你麻烦吧。"老头显得比第一次要严肃。

"你的朋友来过，问我杀手的样子。"

"嗯。他们说了。你把他们打发了。"

"我说杀手蒙着面。这是实话。"十七辩解。

"你最好一直都这么说。我的私事，我自己解决。你
的私事你自己解决。每个人自己的私事。"老头停下。眼
角余光扫过镜头。"这次可以例外。既然你救了我一次，
我就给你一个忠告。你要牢牢记住。毕竟这条忠告有我
的命那么值钱。"

"什么。"

"永远不要把真相告诉任何一个人。你第一次来没说

实话，当然我也没说实话。但即使你说真话，我也不会告诉实情。但现在不一样了。"老头看看胸口的伤口，揿下床边按钮。病床进入移动模式，接受老头脑波传来指令，带着他往诊所深处去。"进来吧。我们聊聊。"

被护士猛男撞开过的暗门悄然向两边滑开。床载着老头消失在里面。

十七脸上的神情与其说是困惑，不如说是恐惧。他害怕老头将要说出口的话。在话语出口之前，就已经害怕。但他还是跟着进了里屋。

侦测仪传来他进屋的图像。一个背影——里面的阴影正攀爬到他苍白的脖颈，眼看就要将他吞没。

我就是在那时候失去他的。

往屋里飞的侦测仪忽然失去动力，落在地上，被合上的钛合金门夹得粉碎。

燃烧的雪花在屏幕上爆闪而过。只留下黑暗。

我习惯性地对着那面监视屏晃头，变换视角。

可笑的习惯，无论怎样变换视角，那面屏幕墙上，几百个发亮的屏幕中一块小小的刺目的黑屏仍然像针一样扎眼。

早应该想到医院一定会有反监控系统。毕竟这里的医生是能给自己招来职业杀手，中了一枪后还镇定自若的老江湖。如果这样一个老头子有一天郑重其事地要告诉你一件事，那么这件事一定很重要。

重要到必须进密室才能说。

我怔怔望着那一小块黑色屏幕，狠狠咬住嘴唇。第一次，完全失掉了和十七的联系。尽管我现在和他只隔着两条街。透过监视车的车前窗，我都能看到地下医院藏身的天桥。但我看不到他，听不到他，不知道他在做什么，也不能就这么跑过去找他。他在看什么，他在说什么，他在做什么。我不知道。就在一分钟前，他的每一个微表情我都看得清清楚楚。

空荡荡的，无法弥补的巨大虚空。手心全是汗。

那块属于十七的屏幕一次次跳出他的图像，一次次传来他和老头的对话。我跳起来，从手套箱翻出药丸，一口吞下，等着药起效，抑制左脑 I 区的神经元活动。虽然还不到吃药时间。

等着，等着自己可以慢慢地再度拼合起一个看似完整的模样。

等着，等自己正常起来。

药起效了。没有了刚才的幻听幻视，事情变得可以忍受。

我开始思考，寻找解决方法。车上有备用的侦测仪。但侦测仪必须和监视对象的 DNA 匹配才能工作，我这没有十七的样本。等局里无人机送来，至少要十五分钟。要是老头和十七能聊那么久的话……

有人敲车窗。我过了一会才反应过来。我打开窗。

茶色玻璃无声无息优雅地滑入车体，犹如黑丝绒帷幕。

从那帷幕后露出的竟然是十七目光下垂的面孔。在这么近的距离看到他，几乎能感受到他呼出的气息。我的左眼不受控制地快速眨起来。

"我知道你。"他说。

我做了一个无用的手势。"什么意思。"

"你的事我可都知道。"他低着头露出明确无疑的笑容。

我笑了。"怎么可能。"

十七俯下身，贴在我的耳朵上慢条斯理地说了一句话。

我浑身僵硬，过了很久开口问他："你要怎样?"

"让我上车。我慢慢讲。"

我打开车门。我没有选择。

只能让我的监控对象坐上我的监视车。

我发动车。他发出指令。去广场。

我没有别的选择。

不仅仅是因为我爱他，还因为他在耳边说出我的秘密。

"六一，我知道你是个裂脑人。"

B　十七

没错，我成了亡命徒，从此颠沛流离永无宁日。

丢掉手机，在加油站洗手间取出所有体内植入物，藏身于废弃地铁线，成为地下世界众多无名游魂中的一个。

这得亏了那个笑话。

二十二岁生日那天，我混进了"二十七岁俱乐部"。虽然叫俱乐部，其实是一个公益组织，旨在帮助那些深度抑郁症患者重新找到笑容，用充满人性的关怀。没错，他们反对微电流电击，神经介质引入，或者基因片段切除，所有这些"不人道"的技术。

我其实没有太明白创办者的重点在哪里。反正那时候出于某种原因，我特别需要加入到某个团体里，如果能有钱拿，就再好不过。我的工作很简单，陪伴抑郁症患者，陪他们聊天。跟他们讲好玩的事。正式开始工作前，会有一段培训。教我们聊天。每天要给培训官讲一个笑话。

我的培训官人不错。据说她以前就是一名患者，在组织的帮助下重新找到了生活的位置。

真励志。每次看见她，就像看一部乐观主义毛片。

差一点，只差一点我就把这个念头当作一个段子讲了。尤其是每天早上培训官问我有没有想出新的段子的时候。

那天早上，我想到了一个新的笑话。但似乎培训官不是很喜欢。

"所以，这就是你今天要跟我讲的笑话？"培训官的脸平摊在我头顶上方。脸颊的肥肉向下垂挂，随时都可能脱离面骨真的掉在我身上。

我躺在沙发上，皱着眉头。鼻腔里充满着那股甲醛和香草冰淇淋混合的气味。只要是培养皿培养的牛皮就会有这样的味道。用上很久都不会散。

我为那个笑话付出了代价。

也许是培训官觉得我在影射她或者别的。半夜一群人冲进我的隔间，在我还没来得及做出反应前就失去知觉。

醒来前，我做了很长时间的梦。梦是黑色的，毛茸茸的，温暖并且湿润。你们说，得了吧，别用形容词。嘿，可是除此之外怎么形容？只有一个空洞的什么都不是的名词来形容——虚无，或者另一个动词——下坠。

但都不对。我的梦就是黑色毛茸茸湿润并且潮湿。在此之前没有这样的梦，没有人来命名，在此之后，它也从没有真正发生过什么。我的梦不把我带向任何地方，我的梦，什么也不发生。它就在那里。

然后我醒来了。

嘿。这是在街上。身上有几块瘀伤和擦伤。应该是在昏迷的时候被人好好教训了一番。培训官大概真的受够了我，最后才用这样的方法告别。我有一点点难过。为她不能够被我的笑话逗笑，尽管测试证明她的抑郁症已经治愈。

天蒙蒙亮，街上没什么人。路灯还亮着。过不了多久，店铺开张，骑楼下陆陆续续会被游客占领。全世界的人都跑来看这块最后的飞地，陈旧拥挤的不安全建筑群，方便系数为零的公共设施。除了街角的纳米合成自助提取机外，这里完全就是二十世纪的样子。现在正是好时候。雪刚化，雾霾还没到，可以清清楚楚看到漫长冬季过后重见天日的大片墙体上绵延不尽的涂鸦。是的，涂鸦，霓虹灯，当然还有刺青和刺影。这个城市吸收一切声音一切文字一切难以名状的冲动，像只贪婪的核辐射异变巨兽，然后喷涌吞吐，并以不可思议的形式堆砌，难以辨别出处根源。这样的城市，世上没有第二个。再过几天就是刺影日。到那时，这条街恐怕会被挤得水泄不通。

一张张充满向往的面孔，紧贴着陌生人的身体，喷着热气，涌动在人流中，时隐时现。仰望空中飞舞的幻影，乞求它们落在身上，像是一种恩赐。

一群快乐的傻瓜们。

我收回思绪，小心翼翼地伸展身体，一边听着各个关节响声，一边打量周围。好久都没有见过这个时辰的街道和天空了。浸泡在水银般的光芒里，安静，凝固。

好久没这样了。我几乎忘记什么是安静。

一个纳米合成器的维修工从面前匆匆走过。蓝色制服，同种面料帽子，黑色圆头皮鞋，中等身材。我并没有太留意他。等他走出视线，隐隐觉得哪里不对。丢东西之前，人们通常会有这样微妙不安的预感。脑海里慢放维修工人走路的场景，似乎有别的什么东西渗进来。

"你好啊，年轻人。"一个上岁数的长跑爱好者隔着马路跟我打招呼。他的积极向上感染着我。我展开嘴角，挥动双手。一个字都说不出来。

好像有人抓住我的脑袋反复往一堵墙上撞，或者是迎面朝我打来一个个巨浪。莫名庞然大物忽然冲进眼球，进入大脑。我喘不过气，徒劳挥动双手。老人则点头以饱满热烈的微笑回应我——事后别人告诉我的时候，我笑得眼泪都出来了。

当时实际情况是，我已经看不见老头了。那些东西挡在了他的前面。

——与其说是它们骤然出现，不如说是我坠入由它们组成的海洋中，不知道从哪里，横空跳出一个个巨大的界面，层出不穷，翻腾踊跃，最小的也有半人多高，内容五花八门，还没看清这个界面是什么内容，下个界面已经跳出覆盖住之前所有的界面。我感到窒息，被这些不知所以的界面淹没。

就好像是无意点开带病毒的网页链接，跳出无数个相关页面。

我闭上眼。眼轮匝肌用力收缩，几乎要抽筋。生怕那些疯狂跳出的界面强行推开眼帘涌入眼睛。

头要炸开了。我弯下腰抱住脑袋，整个人瘫坐在地上。

界面终于消失。由它们造成的疼痛也潮汐般退去。

我怎么了？

这些界面是我的幻觉还是它们真实存在？

或者更糟，连现在置身的世界都只是大脑模拟出来的虚拟场景？是俱乐部那帮人把我的意识上传到了某个模拟人生专区？

只有这样才能解释界面为什么会以实物的形象凭空

弹跳出来。

怎么证实现在的我是真实的我，而不是什么虚拟数字形象？虚拟形象高度拟真。从心跳到体温到受伤后的痛感，包括现在这种跌进冰窖的恐惧都和实体无异。

我做了任何一个正常人在这种情况下不会做的事——破坏公共设施。

就近找了一台公共纳米生成器。这时代人类社会大部分的物质需求都仰仗它来合成。尽管这么高端，搞废它却轻而易举。至少有一百种方法吧。我用了最简单的那样：打开机盒，一把扯断所有线路。

站在原地等了一会儿。如果这是虚拟世界，那么视域框内会有黄色警示数值跳出，提醒我还差多少我的反社会人格系数就会超标，将被列进危险人物名单，同时给出前来抓捕我的警察的具体位置以及逃脱最佳路线。

什么也没有发生。

没有数字跳出。没有警告。

警察还在路上。等他们来了我早就走远。而监控器拍下的只是一个蒙着脸始终背对它的模糊身影——当然，我蒙着脸，我也许疯，但不傻。

城市主机的数据库里，我的市民记录将一如既往地清白下去。

毫无疑问，我在现实世界无疑。

只有在这里，作恶才可能没后果。

所以，我其实大可不必逃进地下世界。不过弄坏了一个纳米生成器，说不定只需要社区服务。但是哪里就是不对劲。本能驱使我躲进地下世界。其实我的反应也不是那么令人费解——考虑到那些汹涌而来不断生成的界面。

在我脑袋里，有哪里不对劲。

没错，人类头脑隐秘深处其实只有混乱和模糊，所有人都精神错乱，所有人都是疯子，但现在在我的脑袋里所发生的事，可能远超出这种程度的疯狂。我宁愿希望是有人动了手脚，而不是我真的疯了。连疯都疯得那么孤单。

在这世上，最危险最可怕的事莫过于疯得和别人不一样。

地铁轨道的黑暗里，"界面"一直没有出现。我试着理出一个头绪，当然没能成功。

不过，黑暗还是用它的方式告诉我一些事。

大概是第五天还是第六天，地下能找到的食物都吃完了。（别问我能在下面找到什么吃的。你一定不想知道。）我不得不上到地面碰碰运气。午夜两点，街上空荡荡的，我避开设置感应路灯的街道，找到一家看起来不错的中餐馆，赶走两只野猫，打开垃圾桶。

——真是丰盛。虽然看起来有些模糊，经过食物油各种调料品处理过的蔬菜鱼肉混杂得恰到好处，发散着食物的香气。我不由咽了口口水，心情和中彩票一样，浑身上下都被激活。

"小子，你知道这是谁的地盘吗？"

我转过身，猜猜我看到什么？

理论上，我正对着一个站在灯下和我一样狼狈的流浪汉。但这幅画面纯粹是出自想象。界面正翻江倒海涌出，几乎溢出我的视野。除了他们我什么都看不见。是的，这次仍旧很疼。但疼这种事，总会习惯。

"你听我说什么了吗，小混蛋。"这么说，他是一个年纪比我大的流浪汉。当然我听到了。如果不是这些界面，他未必是我对手。我心有不甘，但还是放下食物，缓缓后退。

小心翼翼，不让对方看出我在失明状态。

脚步声挨近。一阵恶臭扑来。我想都没想，掉头就跑，一口气跑出几条街，直到看到路口交通灯时，我才意识到自己又能看见了。

那天晚上，也不是一无所获。当我肚子空空蹩回藏身地，精疲力尽地躺下，脊背抵到冰凉地面的那刻，我一个激灵。我忽然意识到，因为逃跑心切，我都没注意到在我掉头准备溜的时候，界面就已经消失了。回想起几次界面出现消失的情形，能找到基本规律：每次它出现时，都是在我遇到某个人时。确切地说，是看见某个人时。而当视线从人身上转移后，界面随即就消失了。延迟不超过一秒。

界面只在我看人的时候才会出现。并且，尽管我只是捕捉到界面上极小一部分信息，但上面的内容似乎都与观看对象相关。

也就是说，当我望向一个人的同时，也就"看到"

了他个人所有相关信息。所有的信息都以界面的视觉形式向我呈现。界面不断被打开被覆盖。它不仅覆盖其他界面，同时也覆盖了我正常的视觉输入，很大程度扰乱了我的视觉感官。同时这样庞大的信息接收，对视网膜对大脑枕叶对所有参与视觉信息神经冲动传导的神经元而言，远远超出了它们的负荷。所以当界面涌现时我不得不忍受剧痛。

这想法，换作别人跟我说，我也一定把他当疯子。

要验证猜测，最好的办法就是见人，一个个见——有意识有控制地刺激界面生成，然后观察。

没有比地下铁轨道再好的试验场。

最早的研究对象是那些无意撞到我地盘的流浪汉。我潜伏在暗处，耐心等待他们现身。只要一点点光线就好。当他们犹豫着靠近光源，在黯淡的光线下，显现面容身影，被他们抛弃的名字、爱人、幸福、羞辱、债务，连同他们自己都遗忘的往事都一一现形，迅疾纷乱地掠过我的大脑。其中绝大多数都被错过，都没来得及看，但却隐隐感受到。好像火焰尖上一道轻烟留下的影子。我未必看见，但的确感受得到。

几次观察，我证实了猜想。我能够阅读他人——一扫而过漏去大部分信息的阅读。不管我愿意不愿意。大部分时候，我并不愿意。

怎么解释呢？大致就像有一天你发现那些和你一起参加音乐节甚至连名字都相互知道的陌生人忽然涌进你卧室把你当亲密伴侣。

对，就是那个动词。

不过，也不全是坏事。我莫名就获得某些技能。每当情况需要，一些以前从没做过的事，自然而然地就浮现在脑海里，好像已经做过多次。当然，具体到操作层面，身体仍然是需要反复练习才能准确完成大脑下达的指令。

比如怎么找到有营养不腐烂的食物，怎么不被城市监管员抓到，怎么用捡来的破烂搭建一个尽可能舒适的窝，怎么制作陷阱，还有最基本的防守型武器。在阅读流浪们的过程中，他们求生技能无意间灌输给了我。

当然也有全然没有用的知识。比如如何辨别海豚的性别。双轮车为什么不倒。转基因经济作物对土壤的影响。上世纪一百位类型小说作家的排名。

听起来有点激动人心。这意味着——

当一个人被我看着的时候，不仅他的生理指数、人格构成，所有回忆与幻想完全暴露在我面前，他掌握的知识技能，他所知道的每一件事，都可能被我读取。

如果我能克服该死的头疼以及懂得怎么控制界面，那么对我而言，地球上所有的人类都是我的移动硬盘。

有什么可以激动的？

首先，我可能永远克服不了头疼，永远不知道怎么调动那些啪啪跳出的界面，不知道如何集中精神去读取；其次，就算知道了又如何。

对于人类和我自己，我都不感兴趣。学会如何做一个合格的流浪汉，掌握这类技能对我来说就够用了。

我喜欢这么烂在黑暗里。

这世界一团糟。蜷缩在潮湿冰冷地下洞穴，黑暗是唯一包裹身体的东西，我因此觉得它是温暖的。也许还是唯一温暖。

它越温暖，就越沉重，越沉重，就越甜蜜。令人无法摆脱。

为什么要睁开眼睛呢？

故事在这里就应该结束了。如果没有六一。

我知道他在看着我。我一直知道。

他不知道我知道，也不知道我一直都在看着他——用他的那双眼睛。

被老年流浪汉吓得屁滚尿流的那天晚上，我并不是一无所获。那天晚上，我还遇见了六一。

从酒吧后街一路狂奔，跑到精疲力尽，靠在路灯灯杆上喘气时，眼角余光瞥见对街暗巷停着一辆车。车窗半开着，我看见他坐在驾驶座上，仰脸打盹。双唇微微张开。明明很年轻，却一副中年人模样。

界面跳出。我仓皇离开。

这就是我们第一次见面的情形，短暂仓促。

他不该让我看到他。这样，当我第二次看到同一辆车时，就不会起疑。那次我正好看见他拿着三明治上了车。我读取了他。时间很短，但运气不错，我抓到一些关键信息。

他叫六一，27岁，俱乐部安全监察员。

他被派来监视我以及其他人。用红外线分子侦测仪。以及，他是真的喜欢这份工作。

不明白俱乐部为什么还要监视我。要知道这个并不难。答案就在监视者记忆里。只要有充分的时间来读取，就可以获得答案。要是运气好，也许能知道整件事的原委。

足够多的时间，足够好的时机，以及对于疼痛足够好的忍耐力。

没有比跟踪追击的监视者更容易的事了。只要假装什么都不知道继续被他监视就好。你什么都不用做，他会主动跟着你。

很快我就摸清了监视者的生活规律。绝大部分时间他都待在装着单向玻璃的监视车上。监视车一般停在离我不远的街边。每天下午五点左右，他会进酒馆，叫一个牛肉汉堡薯条，两瓶冰啤酒，慢慢消磨半小时。

下午四点五十，我进了那家酒馆，找了个座位坐下。即使看到我，对他来说也只是巧合。几分钟后他进来坐在老位置上。

我看着他。在一天里唯一不监视别人的时间里，被自己的监视对象观察。他浑然不觉，孤单一人平静地进食，散发着让人安心的气息。我甚至有点喜欢他不那么协调的手部动作。下一秒——

界面打开了。快速更迭。信息不再是大浪，而是巨大不可解的几何金属体，稠密，沉重，狠狠砸在我视网膜上，然后崩裂。碎片四溅，就在我的脑内，刮擦划伤大脑。闭上眼，几乎能看到碎片摩擦出的火花，以及血肉模糊的大脑。我咬住下唇，不让自己喊出声，十指死死扣在桌沿。

六一的界面和别人不一样。数量速度都是常人的几倍。

我像只试图追上核动力引擎火箭的狗那样，可怜巴巴对着那些急速掠过的界面。

别说读取界面上的内容，连界面本身都几乎看不到。我只能感到他们的重量和速度。只能勉强读到寥寥几个信息。

六一的童年，喜欢的颜色，上初中那年发生了什么。

我要知道这些干什么？

汗水顺着脖颈滴落。我感到虚脱。无力再面对界面。这家伙的界面说不出的不对劲。太快，太多，我说不上。那些信息。

放弃。

像其他事一样，我中途放弃了。

调开视线，整个人瞬间被抛出界面安全落地。我大口喘着气，浑身发抖。

无意识的获取技能和有意识的读取寻找特定信息，完全是两回事。

如果我愿意对这个人花上所有余生时间，那么有可能找到我想要的答案。这是一个数学概率问题，我不想用我的人生做赌注。所以，我放弃了。

关于放弃我驾轻就熟。

我蹒跚走出酒馆。

大概就在那段时间，身体迅速地虚弱下去，无法长时间奔跑，无法搬运重物，视力莫名其妙地衰退。有时候光是出去找食物就累得半死，尽管如此，胃口却出奇得好，总是处于饥饿状态。天气一天天变暖，手脚仍旧冰冷湿凉。不得不裹上所有的衣服。

只有黑暗是温暖的，但还不够。出于某种不可能说明的理由，我选择了这样的生活。这其中包括它结束的方式。

躺在硬纸盒里，地下湿气漫过所有废报纸旧衣服沁入骨髓时，突然会想起六一。

知道有个人始终看着你，这感觉很古怪。

只要他愿意就可以反复观看你每个动作，定格放大你每个细小表情。那个叫作六一的人，有哪里非常不对劲。他的界面出现数量速度异于普通人。最古怪的是他的界面质感并不一样。几乎每一张界面都给人以不完整感。有一些上面的信息又彼此矛盾。就像在用两个大脑在分别思考。

忍不住会去回想他的界面。那些不完整却信息稠密的界面，那些相互矛盾的信息之间强烈的反差，以及他监视我的情形。

我读取其中一片小小的记忆切片：他望着监视屏上的我。我蜷缩在硬纸板里，凝视着黑暗中某个点发呆。

对了，那就是我。瘦小干枯，有一双随时会熄灭的淡褐色眼睛。

那时候的我，已经准备迎接死亡。偶尔的乐趣，就是读取六一，并在黑暗里回忆他的界面。有时候我也会想，如果能在六一那里表现的像点样就好了。

争抢皮衣那次纯属意外。意外读取到流浪汉的膝盖是再造的，按下干扰器干扰膝盖发生器。顺利把对方撂倒。鸡肋能力能在关键时候发挥作用，已经很幸运，不知道为什么我没有见好就收，顺着流浪汉找到地下医院，在那里意外碰上枪击事件，生死关头幸运地读取到地下医生的血型，救了他一命。

只是碰巧。在不可量化的数据海洋里恰好捕捞到需要的信息。几乎不可能。我却做到了。连续两次。如果可以我不想追究原因。

但事情变得复杂起来。陆陆续续不断有人找我。他们问我问题，关于他们的问题，希望我来解答。

我的母亲是谁？

那批货最后去了哪？

我是不是真的杀了那个人？

他是不是背叛了我们？

钱被藏到哪里了？

我该选择谁？

这次手术成功的概率是多少？

每天晚上出现在城南高架桥上的影子是不是幽灵？

宇宙的终极奥秘是什么？

我从来不知道地下世界蛰伏着这么多问题。一支支问题的暗流。第一个陌生人拦住我问我问题时，我忍不住大笑。我大笑，并且在脑海里对着监视屏前的六一的大笑。他一定也会跟着笑起来。那些来问问题的人，他们居然指望一个连自己脑子里发生什么都没搞清楚的人来回答他们的问题。

我对他们说我不知道。他们说不，你知道。你救了那个老头。我对他们说我不一定说得对，他们说不，你说得没错。你救了那个老头。我对他们说我只能试试看，他们说，谢谢。请你试试看，也帮帮我们就像帮那个老头。

我忍不住又笑了，但是不知道为什么眼睛却酸胀，仿佛有一场应该却始终没有进行的痛哭。你没有办法去拒绝那些央求的面孔。他们被他们的困扰囚禁太久。只要稍稍看上一眼就会被那些悲伤的界面弄疼。你没有办法拒绝那些央求的面孔，连他们自己都不知道自己有多悲伤。

他们中的大多数，即使我回答正确也帮不了他们。我这样告诉他们。他们说没有关系我们只要答案。

他们只要答案。我抬起眼睛，读取。

每次结束，都像是一次高空坠落。当我变得有经验后，这个过程似乎就没那么危险。总有一天我会安全落地的吧。读取后恢复周期从原来的半小时延长到半天，整个人处于虚脱状态。好消息是，人们会照看我。那些不知道从什么时候聚集在我身边的人们爱护我如同他们的骨肉。他们成天都围着我转。其中一些人甚至不是为了找我要答案。他们只是想在我身边。一旦发现有照顾我的机会，立刻像猛禽一般飞来，毫不迟疑。

可笑的是，他们中的好多人，我连面孔都没有看清楚。我的眼睛作为视觉器官越来越不称职，它们只有在面对界面时才能看得清楚。

事情变得不对劲。我想知道我给出的答案是否正确，但我知道问他们也没有用。也许可以问问六一。他比我更清楚我。有一次我梦见自己去找他，打开监视车车门，坐到副驾驶座，然后问他问题，就像这里的人问我问题那样。

我问，六一，你对我做了什么。

即使在梦里。我仍然意识到六一的那双眼睛在他身体之外的某处看着我。

六一在看着我睡觉，六一在看着我醒来。

而我读取他记忆的切片，看着他看着我睡觉，看着他看着我醒来。

我睁开眼，有人在推我肩膀。推我肩膀的那个人催促着我快起来，他说，老头找我。

我睁开眼。这里不是梦。

跨进里屋的那刻，头骨一阵发麻。病床掉转一百八十度，床头冲我。我能想象老头看着我的样子。

"干扰器。"他对我说。

我点点头。

"你要瞎了。"老头用同样的语调宣告我的未来。

我双手伸进口袋。这里真冷。而且没有椅子。

"你有话要说？"他问我。

"第一次见你，我就觉得你这张脸特别适合宣布这种倒霉事。"我说。

"那时候你已经知道自己要瞎？"

"不知道，所以我才来找你，想知道自己身上到底发生了什么。你跟我聊聊吧？"我斜倚在墙上。

"哼，别人向你寻求答案。你倒来问我问题。你自己的事你不知道。"老头冷笑。

"听着，谢谢你告诉我过几天会瞎，但我快饿死了。你要没事的话我就去吃饭了。"我说着就要往外屋走。

"一个月前，有人对你做了大脑微创手术，实际结果就是阻断了你的视神经神经冲动传导。你应该是得罪了什么人。他们又怕你找麻烦，所以没有使用直接切断视神经，而是修改了一段基因，让你的身体无法顺利合成突触后膜受体——从一个神经元到另一个神经元的化学冲动传导，类似一个神经元向另一个神经元抛球，下一个神经元需要伸手去接。突触后膜受体就像那只手。他们做的事情就等于设法使下一个神经元的手渐渐僵硬无法动弹，也就无法接球。这样做的好处就是隐蔽，你不会马上瞎，你甚至不知道自己为什么会瞎。"

"手不能用，我可以用脚接球。"我沿用他的比喻开了个拙劣的玩笑。这种情况下还能指望我怎样？哭吗？

老头没吭声。

"你这样不说话，我会以为你有好消息要告诉我。比如你有办法治好我？"我嘲笑道。

"有人能，只要钱够多。问题是，你要吗？"

我不由地朝老头望去。只一瞬间，电光石火。我意识到他知道界面的存在。

"你管那些东西叫什么？"他眯着眼睛问我。

"界面。"我答道。

"我也在二十七岁俱乐部待过。他们给所有没有希望用心理疗法治愈的抑郁症患者动手术，非公开的，出于社会责任，也出于治愈率百分百的荣誉感。我就是其中一个。他们治好我了，让我回归社会。谁也不知道它是怎么回事，那些玩意儿突然就出现了。你经历过的，我都经历过——那种恐惧，还有疼痛。我差点死掉。因为乐观，我想融入人群，向人们伸出援手，你知道的，真是灾难。我差点挂掉。但是第三天，奇迹般地它们消失了。所以我活下来了。见到你的时候，只是隐隐有些奇怪的感觉，后来做了光分脑透，我知道你被做了视神经传导基因阻断术，但还是不知道界面的事。没有任何仪器能测出界面不是吗？直到他们跟我讲了我中枪昏迷后的事，我就都知道了。"

"所以界面不是俱乐部干的？"我问。

"视神经传导阻断是他们干的。界面不是。"老头说。

"我也觉得不是俱乐部干的事，那帮人——缺乏想象力。"我点头赞同。

我们都笑了。

"所以那到底是什么?"我吸了口气鼓起勇气问道。

"如果我对你说有些事情在你的意识中发生而你却没有意识到,你一定会以为我是胡扯。人们普遍认为意识表象之下是意识潜在结构,潜在结构下面是弗洛伊德提出的那套情感无意识。但早在一百年前就有人假设存在另一个无意识系统。界面的出现,证实了他的假设。这个无意识系统在视觉上的表现:当光线刺激你的视网膜并引起大脑中的一系列神经冲动时,你的视觉系统就在对接受的数据进行复杂的序列计算。视网膜上的光线图像信息经过一系列阶段的加工,输出一个外在世界的三维感知。有许多无意识的符号过程,你只是知觉到最终输出的结果。你配备了一个信息加工组件,把震动耳膜的声波的声学属性转化为某人正在说给你的直觉。所有这些都发生在意识层次之下。"

"你的意思是,我们看到的,其实比我们意识到的要多得多,只是意识反馈了其中一部分。"

"这一部分足够人类生存使用。这是进化选择的结果。"

"那么界面?"

"它们是真实存在的,只是我们一直没有意识到我看到的。"

"它到底是什么?"

"我们与生俱来的信息,并随着成长际遇而累计的所有个人相关信息。"老头突然沮丧得长叹一口气，"我不知道。你别信。"

我差点坐到地上："啊？"

"界面这部分，我只是猜测，虽然我用了大半辈子去研究，但毕竟真正看见界面的时间只有三天。回想一下你看到的界面？"

的确如此。内容迥异，形式从文字到画面不一而同，但所有相关信息都牵连着当事人。至少我读取到的界面都是如此。

想象着这样的世界。每个人附带可视却不被意识到的信息，在这个世界上行走。信息充斥着空间。而这空间也不是一度被我感官意识所理解的三维空间。

"为什么我会看到？"我问。

"你第一次来的时候，趁你没注意我做了个小实验。"老头声音有些异样，不过很快恢复正常，"无关紧要，采取了玄米级别的组织。"

"所以？"

"用之前说的那个比喻，你的神经元真的在用脚来接球。你的机体无法合成传递冲动的受体蛋白，但机体还有另外一种罕见途径传递冲动，这种途径只起到补充辅助的作用，另外一种慢速作用受体。这种受体一般与 G 蛋白偶联，再经过细胞内第二信使环腺苷酸（cAMP）以及蛋白磷酸化产生效用。作用比较缓慢，但能把递质受体相互作用所提供微软信号放大数千倍。当他们抑制前一种受体蛋白合成后，刺激了慢速作用受体，把它从配角，不应该说群演的地位，推上了主角的位置。你能看到界面，可能就是因为这个。"

"手残废后的手球运动员，练就高超的脚下控球能力，成为足球运动员的故事。真是个身残志不残的故事。我原来那个俱乐部的辅导员一定会喜欢。"我评价道，"不过，我很快就瞎了，不是吗？一个瘫痪运动员怎么做才能接住球呢。"

"你是瞎了，可是你仍然能看得见。"听到老头这话的时候，我以为他疯了，或者我疯了。我由着身体慢慢滑落，坐在冰冷的地上。

"对，你最好坐下。我接下来说的话有点长。"老头表示赞同。他真的说了很久。

"你知道盲视吧。"他这么开头。

上世纪盲视动物实验发现动物包括人类在视觉皮层特定区域受到损伤而使视力感觉丧失，但并非所有的东西都看不到。尽管视觉是空白的，信息仍以某种方式进入。外界刺激一直会进入到他能够对他周围事物做出判断的能力中。以我的情况，视神经冲动的受阻不会影响我对界面的感知。

瞎并不是问题。重要的是学会如何去看，或者说读取。界面是以界面为单位的庞大信息流，以图像和文字形式被呈现，但就像我之前所遭遇的那样，大脑仍然不知道如何去更好的读取接受信息，更别说主动调取信息。必须经过有意识的训练，就好比装上义肢后的康复训练。但怎么有意识地训练，老头也不是很清楚，他有一些猜想有待证实。毕竟他只拥有三天的界面视觉。如果我需要，他可以帮我。

我说好。老头让我把之前几次看见界面的经历全部告诉他。我照做了。他沉默了很长时间，然后告诉我他的一个假想。

我听了毫不惊讶。你要在那种时候也不会觉得惊讶。很难有什么让你觉得惊讶，如果你连自己是怎么回事都搞不明白的话。我很庆幸自己救了老头一命，很庆幸现在以及将来他会一直在我身边帮助我。

那天我们在里屋待了很长时间。为了让我明白这些，老头费了好一番功夫。我们一定待了很长的时间。里屋的空气让我憋闷。许多谜终于揭开，我并没有觉得轻松，我不知道自己是不是能消化以及承受这些谜底。

"不只是视力，你现在大脑的耗氧量是普通人的 4 倍，对身体其他器官和机能都是极大的影响。你会越来越虚弱。所以，"老头慎重其事地顿了一下，以引起我的注意。我把耳朵侧向他，表示配合，"你身边要有人。"

A&B　十七

阳光像刀一样落下。白而冷冽。我颤颤巍巍下了绳梯，冲地下医院门口的男护士们晃晃手，示意安全抵达天桥。要没有他们给我打了针剂，恐怕我连走出地下医院的力气都没有。

再往下看，刚才还忧心忡忡仰着脖颈的面孔都已经不在了。我趴在天桥栏杆上一动不动，就像挣扎着上岸的落水之人。

老头说我身边需要有人。需要有人照顾我，需要有人替我去看这个世界。环视周围，夜色正缓缓从地平线上攀升。风湿漉漉的，夹杂着海和港口的气息。泛着锈色的被弃工业区，在我眼里，呈现出格外宁静优美的面貌。没有人，没有界面，没有信息流。事物在他们各自的位置。每个分子原子都以我感官认知理解的方式存在着。这就是美。

而我，很快就将失去它们。

到那时，我将彻底失去曾经习以为常的所有风景。只有界面，信息流或者虚空。老头说我需要一个人，借助他的眼睛，然后活下去。就在现在，我知道有一双眼睛正在看着我，以他古怪却不懈的方式。

那辆车就停在街角。一只夹着烟的手伸出车外，很长时间都没有动。似乎抽烟的人仅仅满足让烟这么燃着。我下了天桥，绕到另一条街，朝车的方向走去。这样走正好对着车窗可以看见里面那个人。

在六一看来，我只是漫不经心的散步，恰好经过。他从没有想过有人会发觉他的监视。我慢慢走近。在离车不到三米的距离我抬起头望向他。

几乎，立即，那个界面自动跳出来。它或许一直在等待我去找它。用正确的方法。这一次，我没有让界面信息的洪流把我淹没，也没有极力去挖掘和自己相关的信息。按照老头的推测，我们能够读取的界面受到大脑处理信息的局限，会错过大量内容。但有些界面就是会停留时间更长，出现频率更高，更容易被读取，这很可能与被读取者内心意愿相关。

他们渴望被你读取的信息。

所以，这就是你想要告诉我的事。我这么想着，收回了目光。

和预想的那样，六一让我上了车。

人们就是这样。你只要告诉他们一点真话——那些内心深处的念头，那些折磨多年的秘密，他们就会相信你。

他们想要相信你。

我告诉六一，他是个裂脑人，天生没有连接左右半脑神经元纤维束的胼胝体。他没有真正意义上的大脑，只有左半球和右半球。这解释了他那些怪异的手部动作，看人的方式。他们让他活了下来，并且训练他做这份工作。他的手部动作仍然只能胜任熟悉的经过反复训练的工作。

两个大脑半球同时工作，另外，他们没有传统的道德判断。听起来太适合这份工作。对六一来说，这是唯一收留他的工作，他指望能存够钱，去做骨导数据处理器的植入手术。按广告商说的，一旦将骨导数据处理器植入大脑，处理器将生物生成另外一对左右半球和患者的左右半球匹配并相互联系，裂脑病人就有了两个完整的大脑。

他做梦都想做骨导植入术。这愿望一天比一天强烈。所以我读到了。

"你还好吧，六一。"我低着头对着车地板问好，很快我的目光就不用那么刻意避开别人。

"还好。"

"我们就不用自我介绍了。我知道你一直跟踪监视我。你也知道我身上发生了什么，也许比我还更清楚些。"

"俱乐部对你做了手术。"他说。

不，你太诚实了。六一。他们对我做的不是你以为的那个手术。"你知道我要瞎了吗？"

他愣在那，我能感到他的呼吸都停顿了。那一刻，我忽然真的相信眼前这个人也许真的愿意照顾我。"俱乐部做的手脚。也许只是辅导员的意思，谁知道。你愿意照顾我一直到死吗？"我平静地提出要求。

他的左半球现在应该很混乱。但是我太累了，没有力气再绕圈子或者使用心理战术。

"我很快会瞎，身体也会越来越虚弱。如果没有人照顾，我会死在街上。你只需要准备氧气瓶，钙离子和谷氨酸针剂就可以。"我喘了口气，让语速慢下来，"你有两个选择，把现在有的都抛下跟从我，或者把我抛下。"

他在发抖。

他一定害怕得要死。我能指望一个陌生人做什么？爱我超过这个世界？

也许吧。我决定再试一次。

"你知道我可以做什么是吧？"

这次他开口了："你可以回答问题。"

我的嘴唇止不住得颤。他也当我是先知了吗？"你听着，我刚才说得太夸张了。今天很累。我去看医生了。他跟我说了很多话。没关系，也许以后我会慢慢告诉你——也许不会。但重要的是……"我伸手去抓他的肩膀。他主动把身体迎上来。我抓住他，紧紧地，"重要的是，我刚才说得太夸张，你可以继续做现在的工作，监视其他人。只是带上我。"

六一沉默了。他需要充足的时间思考。而我已经透支了，到努力的极限了。我松开手，打开车窗，让风把刚才那点绝望的气息吹散。从我这边可以看到河对岸公园。今天的灯光格外微弱。而且雾蒙蒙的。

对了，今天就是刺影日。他们在做准备，洒上带营养物质的水分，利于刺青孢子的生长。

"今天就是刺影日了啊。"十七听到自己的声音从时间的远处传来。换做一个月前，他根本不会为这种事感慨。像个老年人。

"能回答我一个问题吗？"他不安的前后摇晃着身体。

"请说。"

"有一次，东郊二十几个流浪汉求你去向当地地主求情，给他们留一小块地方。你是用什么办法说服那个人的？你在密室里跟他说了什么？"

"哦，那个人被卷到更大的麻烦里，我给他一个更可靠的建议。"

六一的目光停在我的侧脸："其实你也没百分百
把握?"

"我推测，关键是我知道的信息比较多，合理推理。
你想问他怎么会相信一个陌生流浪汉?被保镖拦住的时
候我冲他大喊我知道一件他特别想知道的事，一直以来
都困扰他的事。"

"什么?"

"他小时候，特别喜欢一个作家的小说，那个作家
的小说在他看来无人能及。但是有一天他突然读到那个
作家和别人合写的一个短篇。他不明白以作家的水准为
什么要屈尊和不如他的人合作写出这样一篇普通的作品。
一直以为，这问题萦绕不去，始终纠缠着他。他就是不
明白。"

六一点点头。他没有问那个作家合写短篇的动机。
这让我很欣赏。他理解这段话的重点。重点是我确实能
企及地皮大哥私密的内心世界，那我也有理由知道一个
更好的解决方案。他相信我。

发动机转动起来，发出恼人的噪音。这么多年来，
人类早就有能力制造出安静的引擎吧。六一已经做出选
择。我仰靠在椅子上，闭上眼睛。

六一转动方向盘，把车驶上高速公路。

我们陷入沉默。巨大温柔的沉默，属于所有疲惫不
堪的黄昏。此时此刻我整个人又冷又暖，身体某处，但
不知道是哪里，痒痒的。有一点可以察觉到的迟钝。莫

名的压迫感，几乎在飞翔，觉得可以做任何事。手指，指尖是麻木的，但是其他感官格外敏锐。视觉，听觉，触觉，一切都超出之前所有的感受。仿佛进入新世界。

　　一声礼炮在河岸空地响起。我睁开眼。天已经黑了。硕大璀璨的花火在夜空绽放。那下面无数黑影沸腾着。无论男女几近半裸，他们向着空中悠悠荡荡、飘落旋转的花瓣展开身体，暴露出更大面积的肌肤，迎接着花瓣上的刺青孢子。孢子一旦落到匹配的皮肤组织，立即刺破真皮，染料在纳米机器人的推动下完成刺青。至于图案，完全随机。全由刺青孢子里纳米机器决定。不过没关系，刺青染料和纳米机器人三天后就会自动代谢。什么都不会留下。此刻癫狂叫喊刺青上身的人们，到那时候，身体光洁如新，新得像婴儿一样。这就是人们热衷于刺影日的原因吧。

　　又一连放出三朵花火。这些天空夜幕之上的绝美花树，转瞬即逝，却在瞬间将时间所有光华都尽数绽放，而下一瞬息，粉色的花瓣如雪一般崩落，接着海风，整座城市都在花瓣下战栗。行人已经完全占领了城市公路。我们的车被困在这些半裸疯狂的身体中间，只能随着他们追随花瓣的步伐而缓慢前挪。又是一阵风吹来，一朵花瓣飘进车窗，落到手腕上。我伸手去拂。但晚了。孢子钻进皮肤。不远处的天空又是一阵花火炸裂声，底下人群尖叫欢呼。我仰脸望向那边夜空，黑丝绒般美丽平静，我揉揉眼睛，把手腕翻过来细瞧，这颗孢子刺青的染料真多啊，只一会的工夫就渗透到整个上臂，整条胳膊，整个人，整整一个夜晚。

"我说，当你看着别人的时候，你能看见他们看不见的东西吧。能跟我说说你看见了什么吗？"

"以后有时间的话。"

"那你有没有看过你自己？"

"你是说读取我自己的界面。"我说。也许今天晚上，我可以试试。反正我的眼睛也没有别的事可以忙了。

我想起，最后一次我对培训官说起的笑话。为了那个笑话，我付出了代价。可笑的是，付出了那么大的代价，可现在关于那个笑话的具体内容，我一丁点也想不起来了。不过不要紧，还有一个现成的笑话。

我摸索着，翻开车前镜。我把脸对准想象中的那面镜子。

我将看到我。所有过去的点点滴滴，所有欲念和渴望，所有爱和厌恶，所有无法克服的缺憾，以及所有可能稍经联想就会浮现的真相，所有将要实现和成就的梦想。

我深吸一口气，抬起我的一双盲眼，正对镜子里的那个我。它们来了，泉涌般跃入视域。比漆黑更漆黑，比虚无更虚无。每一个界面都是如此。什么都没有，连光线都被吞没。

这就是我。无法照亮、无法穿越、无法救赎的黑暗。

婚后

如果你跑得足够快

奔跑的物体　沿奔跑的方向　收　缩

第一个拦住她的人是医生

在强制测量完她身体的厚度后，他开出

处方。

当然，停下来

或者

至少慢下

他脱下的大衣现在披在她肩上。

他的问题悬在头顶　光明正大

你的梯子呢？他问。

她不奔跑的身体开始在羊驼毛下膨胀。她说不

不。声音慢腾腾地落在光后面。

她已接近光。光速奔跑　越来越薄

垂直于奔跑速度的长度不变。她还在那

好像一个人的生活。无限细小　比纸更薄

第二个拦住她的人应该是交警。开出罚单后
他发现构成她的基本粒子开始崩落。

无定西行记

一

热力学第二定律：在自然过程中，一个孤立系统的总混乱度（即"熵"）只会减少。在不做功的情况，单子从混乱态不可逆到秩序态演变。

二

"给你，无定。"官员掏出装有四十两银子的荷包交给无定。

无定接过荷包在手里掂了分量，比事先说的少了那么几两，但不碍事。"谢过大人。您不喝杯茶再走?"他挽留这位官员。

毕竟，人家把真金白银的青年基金送到了他手上。这笔钱可以让无定实现他的梦想。

官员摆摆手，回绝了无定的挽留。这位官员怎么看也得有五十多岁，皮肤紧致光洁，乌黑整齐的长辫子里隐隐夹杂着几根银发。过几年等到他退休的时候，连额头眼角那点残留的都会退尽。整个人焕发着透亮青春的光彩。这光彩将会笼罩着他，从他的青少年到幼童再到婴儿一直到最后死去。他三尺不到的棺材也会被这光彩溢满。

无定将官员送出门。他还想对他们说些什么，但官员打断了他。官员告诉他拿到这笔钱也不用太高兴，整个帝国总共只有两个人申报了这笔基金。而另外那位在询问天人意见之后决定退出。所以朝廷除了把这笔钱给无定外没有别的选择。尽管在他们看来，无定的项目毫无价值。这个年轻人打算修建一条大路，从帝国中心北京城到西边那块大陆最繁华的城市彼得堡，让四轮车畅行其上，方便沿途各地的物资交换。

为什么要费劲去修建呢？既然这条大路早晚会自行生成。

唯一的问题是时间。没人知道到底什么时候能够从碎石戈壁山地陡坡中会生成一条公路。大多数情况下，天人们可以用牌九算出事物自行生成的时间。但不知道为什么，这方法在有些事上并不管用。比如这件事。天人没有确切答案。他们只说等着吧，总会有这么一天。于是无定决定索性自己来。

他申请了十年一期的青年基金，并且得到资助。

官员的车还没来。无定和官员站在门口等着。等到无定好不容易鼓足勇气打算开口时，那辆由两匹蒙古马拖着的 15 马力的世爵汽车停在了他们面前。官员逃一般跳上车，连道别的话都没说就命令车夫开车。世爵汽车扬起一阵尘灰，迫不及待地驶离北京最贫穷破败的区域。

无定目送世爵汽车消失在胡同尽头的拐弯处，默念起事先准备好的获奖感言。讲稿很短，几句话，但他始终没有机会大声念出来。没有人要他发言。

无定虽然遗憾却也能理解官员迫切离开的心情。这里是西城，北京最破败混乱的地区，外宇宙人口的聚集地。熵减缓慢到令人发指的地步，几十年都见不到成规模的秩序态生成。摇摇欲坠的棚屋下住着许多外宇宙家庭，他们因为这样那样的原因从别的宇宙空间来到这里生活。这并不容易，绝大部分外宇宙空间人士都像无定一样逆向生长，他们从婴儿到老年人，最后以布满皱纹身形伛偻的成年人姿态死去。更令人尴尬的是，这些人的生理代谢机制也和当地人截然相反。他们需要从环境里得到负熵来维持身体机能的正常运作，也就是说他们需要摄取有机营养物质，而这恰恰是当地人的排泄物。

尽管面临种种尴尬窘迫的境况，绝大部分外宇宙人士还是克服种种困难，适应了这里的生活，扎根下来组织家庭，繁衍后代。无定就是外宇宙人士的第三代。

这就解释了他为什么会有这样奇怪的念头，想要修一条向西的公路，一直通到另一个大陆。

当天晚上，无定骑着自行车来到北京城里最好的酒馆。他要为自己庆祝一番，给在场所有人买上一杯，然后——"像历史上所有被纪念的人那样做一番精彩的演讲。话音一落，人们纷纷举杯高声为他祝福"。一路上无定想象着这样的场景，浑身血液沸腾。他把车停在酒馆附近的马厩，锁好，进了酒吧。无定提醒自己演讲一定要简短，毕竟他天性谦逊。

喝到第三杯的时候，无定知道今天晚上他能做的就是一个人把酒喝完，然后回家。没有发言，没有祝福。他刚掏钱请所有人喝了一轮酒。他们赏脸喝了他的酒，仅此而已。无定怔怔地望着窗外。不远处，钟楼黑魆魆的身影正在以可见的速度慢慢壮大。基座慢慢增高，主楼已经初具规模，能看到四面的石雕窗的轮廓。天人说，再过七天，黑琉璃瓦重檐和汉白玉护栏就会生成。再过七天，等到铜钟和屋脊上的小兽生成，钟楼将正式完工。

他叹了口气，瞥了一眼杯中已经结霜的酒，起身走出酒吧。

三

出发那天一大早，无定收拾好行李，走出家门。借着灰白色的天光，他仔细锁上了门。抬头转身，差点撞在一个人怀里。那个人比无定高出一个头，剑眉鹰钩鼻瘦削面孔，一头银发，满脸褶子，好看却是凶相。

"无定?"他问。

"我是。你是?"

"现在就动身？"

"现在动身。你是？"

那个人哦了一声，向后退开，把一封信交给无定。"我是青年基金管理委员会派来的。他们要求我全程充当你的助手。"

"他们给我派了一名助手，可是这个项目不需要助手啊。"无定一边说一边打开信读。信的内容简单扼要，没有余地，不容置疑。他把信揣进怀里，翻身上马。"说好了，既然你是他们派来，你的薪水你问他们要。"

"没问题。"那人骑马跟上了无定。

无定斜眼打量那人胯下的坐骑，是他以前只在画上见过的高头大马。相比之下，无定的这匹马，腿短毛长，更像是头骡子。

"你知道我们要去干什么吗？"无定问。

"修路。"那人回道。

"哦，对。怎么修呢？"无定不免有些得意。毕竟这个方法，除了天人外他没有告诉过任何人。

"一般情况，泥浆、碎石、土路会自行生成公路。我们等着就可以。不过我们也可以催化这个过程，通过人的活动改变聚落的形态……只有人的活动才能改变这些聚落的形态。无论这些形态是多么复杂、不明确或无效，都是人的动机造成。"

"所以怎么做？"无定有些气急败坏。

"找一辆车，在修路的路线上把车开上一次。外力做的功可以加速土壤的粒子有秩序的聚合。"那人顿了一下，眼睛往无定胯下的马瞟，"呃，我们的车停哪了？"

"哪有什么车。我们骑马去彼得堡，回来时再开车。"

"噢，不知道沿途情况，直接开车去的确太冒险。所以我们先骑马去，实地勘测规划一条安全的车能开的路线，回来时再开车。"那个人明白了无定的意图。

无定对他的印象略微改观，对方没有一下子猜到他的计划，这令他多少有点得意。不过他仍然不信任眼前这个人。基金会在他身边安插了一个当地人，说是协助，实则是为了监视。说到底，这笔钱落在无定这样的外宇宙人士后代还是让上面的人不安了。

"走吧。对了，还没请教您的大名。"无定说。

"叫我彼得罗就好。"

"彼得罗？"

"怎么，有什么不对？"

"没有，挺好。走吧，彼得罗。"

他们一路向北，经过繁庶的商业街。店铺屋脊上的牌楼柱高高竖起，华板上镶嵌的匾额熠熠生辉。街上还没什么行人。寒意渐浓。无定裹紧衣领。他已经有点想念他那间温暖的棚屋了。在德胜门那座品德高尚之门的前面，守城的士兵向他们投来狐疑的目光，反复确认文书上印章并没伪造才放行。镶满金色门钉的红色大门向两边打开。气势雄健的大楼回荡着城门沉重喑哑的呻吟。无定喉头一阵发紧，那几句没有机会说出口的演讲宣言堵得他心里难受。

等回来，等回来那天，他要对着无数张仰望他的面孔把堵在心里的这几句话亮亮堂堂大声说出来。无定这么想着，扬鞭催马，带着随从离开了北京城。

"我们还会回来。"看见彼得罗频频回首，无定安慰他道。这个大个子远没有外表看起来那么坚强。

"到那时候恐怕我头发都白了。没有人去过彼得堡，更没有人从那开车回来。"彼得罗说。

"等到我们的路修成了，就会有很多人开车往返两地。"无定憧憬道。

说话间，圆圆的日头忽然跳出，在前方的赤杨林铺满一路软金般的光，仿佛是个好兆头。

四

他们骑马爬过几座土坡，渡过一条雨水淤积的小河，穿过沿岸的树林，逆风前行。风裹挟着沙子，毫不留情地打在他们和他们的坐骑身上。据说这是从蒙古沙漠吹来的风。如果一切顺利，他们会在后天走进那片沙漠。无定不得不让彼得罗走在前面，似乎这样真的能挡掉一些风沙似的。经过的路上，一些泥土正在聚落生成为方形砖块。砖块一块块有序整齐叠加，砌作墙。墙渐渐长高，又沿着蜿蜒起伏的山脉慢慢延长，一些地方的墙体已经初具规模。连绵雄壮的城墙，时而跌入山谷，时而忽然跃入视野，时而横亘在面前，露出排列奇特的烽火台。

在另一些地方，城墙以截然不同的方式生长着。它们围城一圈，大部分时候是方形，但也有长方形。从洞开的城门里望去，能看到大片空地，尚且简陋的街道。在这样已经初具规模的城镇边上，通常能看到七八个尖顶圆形帐篷。每个帐篷里都住着一户人家，他们默默忍受风餐露宿的生活，满心期待城镇房屋和配套设施早日建好，他们好举家搬进新城，找一间宽敞的大院住下。

当无定经过时，他们纷纷把头探出帐篷观看。

"停下来吧，新城快建好了。有漂亮的宅子分给你。"他们说。

"不啦。"无定摇头。

"你要去哪里？前面什么都没有。"

"我要去彼得堡走一趟，然后再回来。"无定回答。

那些人惊讶地闭上嘴。他们从未遇见过这样的行人。

无定和彼得罗都不记得这样的对话重复了多少次。他们已经走了许多天。绝大部分时间里他们沉默不语，耳边只有风声、鸟啼、马偶尔的嘶鸣、石块轻撞的声音。他们失去了计算时间的能力和欲望。比起时间，他们更关心脚下正在走的路。土质情况、路面宽度、桥的承重，所有这些决定着一辆车是否能安全通过的因素。他们在骑着马同时也驾驶着那辆假想中的汽车。

为了能回程顺利找到一条适合车通过的路线，他们有时不得不在一个地方绕上好几回圈子。有时候一天也没能走出多远。这当然不是什么令人畅快的旅行。尤其是在地形特殊的峡谷中穿行时不得不经常下马，丈量两侧岩壁之间的宽度。当最终走出这片地形复杂的山地时，两人已经筋疲力尽。他们陷入了昏昏欲睡的状态。实际上，他们的确是在马背上睡着了。好在他们的牲口似乎拥有神奇的灵性，自然知道该往哪里去。无定和彼得罗所要做的，只是不让自己摔下马。

"你们要往哪里去？"一个声音问。

无定睁开眼，看见了大总办戴着黑玉戒指的留着长指甲的手。然后是长长的流苏礼帽，他的缎面绣花礼服。无定试图下马行礼，但是他的马并不肯停下。

他们好不容易走出荒野山路，来到开阔平坦的草原。马好久没有这么畅快地飞奔了，才开始跑上一段路并不愿意这么快就停下。

大总办并不介意。他和他的护卫队徒步追赶上来，发出快乐的呼喊，加入到这场奔跑游戏中。

"大人。"无定在马上向大总办行礼。

"啊，免礼。"

"失礼失礼，恕罪。"

"哈哈哈，不碍事不碍事。你们——这是要去哪里？"

"彼得堡。"

"哪里？"

"外国。"

"哦。"大总办若有所思点点头，声音忽然一沉。"不过你们得停下。"

马刹那间立住。人也是。刚才还回荡着马蹄声的草原大地忽然安静下来，只有色彩斑斓的龙之旗在风中猎猎作响。

无定下马从怀里取出微凉的文书，恭恭敬敬地提交给大总办。

但大总办却伸手掏出鼻烟，深深吸了一大口，满足地眨眨眼。"哦，文书，好说。我要你停下别有原因。这前面有河。本来也就是一个小池塘。可雨季刚过，河水水量充沛得很，你们恐怕过不去。"

"啊，那有别的办法吗？"

"绕路从桥上过吧，也就是多走上几天。"

无定和彼得罗飞快地交换视线。

"你说的那座桥宽吗？"彼得罗问。

"马能过，轿子够呛。"

"多谢大人。我们还是先去河边看看，要不行再回来。"无定说道。

大总办耸耸肩打了个哈欠，表示没意见。

无定拱手作揖，上了马，告别这一群身着鲜艳绸缎的男人，按原来的路线，朝那条命中注定拦阻他们去路的大河奔去。

河流宽阔湍急。但是车应该能过去。这令他们大大松了口气。接下来的问题是现在他们怎么过河，无定觉得他们可以就这样蹚水渡河。

"那把你的行李放在我马上吧。"彼得罗建议道。他的马足够高，能保证鞍上的行李不被打湿。无定拒绝了。

也许是出于自尊心，也许只是单纯的固执。他牵着他的矮脚马走在前面，一步步试探着寻找着安全的落脚点。河流比想象得深，没走几步，水已经没腰。无定心里的慌张也没过了腰，几乎漫到了嗓子眼。他快要出声求救了。他不会游泳。就在这时，无定一脚踩在河底什么尖锐物上，疼得失去重心，抓缰绳的手一紧，用力抓紧马绳。马使劲向后挣脱，拉扯中行李掉进水里，无定不顾一切扑上去要捞，被彼得罗拦腰抱住不放，眼睁睁看着行李被冲走。

那里面装着他们的全部口粮。

要是有一张烙饼就好了。才上路几天就遇到食物短缺的问题，这是无定没预料到的。渡河之后，他们一直走在荒无人烟的野地。在草原上还能随处可见的野兔群如今毫无踪影，只能在想象中成为无定的食物。无定已经有两天没有进食，饥肠辘辘，浑身乏力，无论睡着醒着脑子里想的都是食物，以至于一度出现幻觉，大口咀嚼起空气。"停下来休息一下吧。"彼得罗露出担忧的神色，翻身下马，在一块荫凉地为无定铺好毯子。

无定瘫倒在毯子上，不无嫉妒地望着彼得罗。同样的境遇下，他的同伴似乎并不为饥饿所苦，仍然神采奕奕。此刻，他正精神奕奕地做起体操，一边还给自己大声喊着口令。1234 深蹲跑跳俯卧撑，1234 摆臂踢腿后空翻。

对了！他们当地人光靠做功就能合成身体必需的营

养。彼得罗此刻不是在做操，而是在进食。无定看着一阵头晕。他闭上眼睛，耳边传来彼得罗关切的询问——你怎么了？

我还能怎么了。无定心想，咽下一口唾沫。偏偏这时候，肚子咕噜噜叫起来。

"啊，搞了半天你是饿了吧。你等我。"彼得罗仿佛刚刚破解了世界之谜，一脸兴奋地跑开了。无定不明白他为什么那么高兴。经过这几天，他发现彼得罗虽然长相凶恶，但对熟人却有意外天真的一面。

过了一会，彼得罗从几米开外一块巨石后现身，双手小心翼翼地捧着什么小跑着过来。他拿眼瞄了一下无定，又立刻羞怯地低下头。"喏，给你。你看看能吃吗？"

无定犹疑地接过他手里热乎乎黏糊糊的一团东西。

"他们说，你们是靠摄入这些物质来维系生命的。如果是真的，这个……应该可以吃。"彼得罗努力掩饰着他的慌乱，唯独忘了目光不应该躲闪。

无定盯着这团棕色的物体。它看上去十分可疑，而且有点恶心，和食物应该有的样子相去甚远，但它却正散发着一股难以拒绝的香味，碳水化合物的味道。这味道比任何说辞都更有力。

无定一口吞下那团东西。

真好吃！

五

食物短缺的问题被出其不意地解决了。出于相互尊重，对于食物的来源，彼得罗只字不提，无定也从不过问。他们之间生出了同谋犯间的默契。靠着这份默契，他们来到哈拉河和友鲁河之间的大山下，沿着商会驼队的足印，经过避风的山谷，防不胜防的沼泽，曾经关押犯人的排屋，尖屋顶的白色房子，步入峡谷森林，最后终于成功站到一块耸立在空地上的大理石碑前。石碑向东的一面刻着"亚洲"两字，向西的一面刻着"欧洲"。

乍眼一看，并不能看出什么区别。只有站上一会，同时看着两边，才能感到石碑两边微妙的差异。那是只有站在边界才能领会到的奇妙差异。尽管只隔着一个大理石碑，但两边的世界仿佛置身于不同偏色滤镜下一般。亚洲这边微微发黄，欧洲这边则隐隐泛绿。这是两块由不同质地构成的世界。两个世界的天空、大地、森林、道路尽管相似，却由着截然不同的单子构成。更奇妙的是，这样两块大陆就在乌拉尔山脉这座不起眼的高山上交汇了。而他们，两个从来没有离开过北京城的人，竟然真的走到了这。就在此刻，在他们身后，他们经过的土地上走过的地面，已经有了被人类走过的记忆，说不定已经开始聚落生长，一条通往这里的大路。

得把这个边界在路线图上标注出来，无定心想。

他向彼得罗伸出手："路线图在你这吧？"

彼得罗一通摸索，越找越慌张。"啊，少了一个鞍袋。可能是刚才过树丛的时候，被树枝勾走了。"

无定两眼发黑，想要调转头回去找，但天色已晚。等他再回到那片树丛，估计也就什么都看不见了。正心急火燎地难受着，听到有人喊他们。

"喂，你们俩。"一个身披棕红色长袍的高个女人站在空地另一边，冲他们挥动手臂。她右边的衣袖缠绕在腰间，毫不在意地袒露着半边身体。在她身后，错落有致地安置着十几座尖顶圆帐篷。每顶帐篷前都站着好几个细长眼睛的女人，嬉笑着挤作一堆，向他们抛来媚眼。

"遇到什么难处了吗？"那个首领模样的女人问。

"啊，我们丢了我们的路线图，可能就在经过的路上。"

"哦，"女人沉吟了一会儿，"再回去找，恐怕也很难找回了。让我们的天人给你看看能不能再自动生成一份路线图。"

"太好了。"彼得罗雀跃着，几乎从马上摔下来。

女首领从后面那群女人中唤出她们的天人，吩咐她预测路线图的事，然后把无定他们请进她的帐篷。女首领的帐篷阴凉舒适，散发着怡人的香气。中间还放着一块切割整齐完好的正方体冰块，抵挡森林里闷热的空气。无定和彼得罗不由发出惬意的叹息，迫不及待地瘫坐在软垫上，伸展身体，一边吃着侍女递来的水果，一边享受起这帐篷底下的清凉。

"来，一起玩牌吧。"女首领发出邀请，"反正，现在也没有什么事可以做。"

无定和彼得罗没有反驳。他们拾起侍女堆在他们面前的纸片，认真学习游戏规则。他们很快学会了，几乎和首领和侍女玩得一样得心应手。比起帝国的麻将，这游戏简直小儿科。女首领告诉他们，这游戏叫拖拉机。

"拖拉机，听起来像是将来的交通工具。"无定说。

"天人也是这么说的。"女首领点头。

这时，侍女捎来天人的话。天人说，他们就算回去找，也找不到原来的那份路线图了。

"原来的路线图。天人的意思是——"无定问。

"如果路线图很重要，你们可以在这里等。新的路线图会在这里聚落生成。内容和原来的完全一样。"侍女回答。

无定沉默了，他摊开手，任手中的牌被人收走。

这一局，双方平手。

侍女开始洗牌。洗牌是一项需要耐心的艰巨任务。稍微一松懈，扑克牌就又会自动按照大小花色整齐排列好。无定怔怔地望着牌在她手中灵巧翻飞，化作一道幻幕。整个人好像陷入了软绵绵的棉絮里，身子轻飘飘的，心跳不知不觉慢下来。他想也许这样等下去也挺好。只要等着，就会有好事发生。在所有五花八门、应接不暇的好事里，总会有一件好事是他想要的。

再说，没有地图，就没法把车从彼得堡开回北京。那千辛万苦到彼得堡又有什么意义？

他需要这张路线图。

既然如此，就等下去吧。

在舒适惬意的帐篷里继续玩拖拉机，等到路线图聚落生成。

彼得罗在叫他。那声音仿佛从比北京城更远的地方传来。无定恍惚地应了一声，跟着庄家出了一张牌。

"无定，要怎么办？"彼得罗问。

"等吧，我们需要路线图。你也听见天人的话了，也许过两天就有了。"

"也许？可万一向西的大路先于这份路线图聚落生成呢？"彼得罗问。

那不是更好吗？即使不走完全程，就能催生出大路。

无定抬起头望着彼得罗。他不明白这张英俊的大脸为什么看上去那么难过。你在难过什么，彼得罗。我们等在这里，并不是偷懒，并不是投机取巧。我们是在等路线图，和那些等路的人不一样。他们张大眼睛什么也不做，只等着世界越来越有秩序。而我们毕竟已经走了那么多路。

"你在难过什么，彼得罗？"他问彼得罗。

"我们到底在干吗？"

"打拖拉机。"冒失的侍女回答道。

无定狠狠瞪了一眼侍女，辩解道："我们在等路线图啊。"

"我的头发已经等黑了，你的头发也白了。一样是在等，我们为什么要跑到这里来等，待在北京城不好吗？"

"不一样，待在北京那些人，是在等路。他们什么都没做。而我们已经走了那么远。我们是在等路线图。"

"我们和他们有多不一样？"彼得罗放下牌，站了起来，"无定，你甚至都不问问我？"

"问什么？"无定问。彼得罗没有回答，径直出了帐篷。

一直在旁边沉默着的女首领露出洞悉一切的笑容："你为什么不问问他是不是记得路线图，也许他能凭记忆重新画出路线图呢？"

"我能。"彼得罗在帐篷外大声回答道。

那天晚上，无定和彼得罗连夜赶路一刻也没有休息。第二天，第三天也是。人和马精疲力竭，却被巨大的力量推动着片刻不停地向前。到最后，几乎是在机械前行。

第四天，轮船嘹亮雄壮的汽笛声将他们从瞌睡中惊醒。八双眼睛齐刷刷地睁大，忙不迭向四周张望。他们发现他们正置身于彼得堡繁忙的货运码头。

放眼望去，四处都是带拱窗立柱圆顶的漂亮楼房，一道道弧线相连好像音乐在蓝天下飘扬。

无定和彼得罗久久没有出声。

无定深深把头垂在胸口，过了好久才抬起头。对着空中飘过的白云吸了一下鼻子。

彼得罗什么也没说，轻轻拍拍无定的肩膀。

"要不是你，我们说不定还坐在帐篷里等着路线图。"无定说。

"现在好了。"

"没想到彼得堡还真大。可惜没有北京城好。真的想再见一见北京城灰扑扑的样子。不知道回去的时候钟鼓楼建完了没有。"

"快了。这不，已经走了一半了。接下来就是回去的路。"

按照无定的计划，回去的路要比来时快上三倍。经过检视路况良好的路线，不知疲倦不闹脾气的汽车，还有两颗似箭的归心。他们在圆屋顶的漂亮旅馆下榻，洗澡换了衣服就立刻出门购买汽车。彼得堡虽然是城市，但繁荣程度远不及宇宙中心的北京城。即使闹市区的行人车辆也不算很多，温度只比森林里低了三四度。一路上无定和彼得罗永不动声色地互相交换各自的看法。无定调动着他眼角加深的六根鱼尾纹，安慰彼得罗不要太过失望。彼得堡虽然落后，但作为通往欧洲的港口城市，帝国的茶叶瓷器白酒可以在这里输送到世界每个角落。彼得罗翘起日渐红润的双唇表示接受。

然而事情并没有那么简单。一个沉甸甸的事实落在他们面前。在彼得堡还没有汽车。连制造汽车的金属都还没有生成。虽然知道彼得堡的熵减速度落后于帝都，但看起来无定还是错误估计了两地的熵差。

放弃还是坚持？这样做或者那样做？

他和彼得罗对视良久。在这场无言的交锋中，伤亡惨重。上千个不充分的理由，不够可行的方案阵。最后他们一致同意留在彼得堡，先炼出钢材，然后制造汽车，最后开着车回北京。

六

无定和彼得罗在彼得堡度过了后半生。他们创建了汽车材料实验室，希望创造出理想的构成汽车的物质。由于帝都的车是自动生成的，没有人知道汽车物质的特性。但根据教科书上所说，物质是由无数肉眼不可见的同一种单子构成。改变单子的排布就能创造出一种的新的物质。

虽然从没有人见过单子，也从来没人确切明白这句话的意思，更别说如何改变单子的排布，但无定和彼得罗决定试一下。他们选择这片陌生大陆上最常见的材料加以提炼，不断试验，尝试充分排列单子的排布，直到创造出那些构成汽车的物质，比如那些金属晶体。就这样，他们义无反顾扎进在单子无数种排列中。

据说，无定和彼得罗是同一天去世的。人们是在工作间里发现他们的。老态龙钟的无定抱着襁褓里的彼得罗倚靠在软垫椅里，看上去就像睡着了。

他们死后，他们各自的独子继承了他们的事业，将毕生精力扑在制造钢铁上。无定二代和彼得罗二代从出生起就黏在一起，长大后又一起工作。人们已经分不出哪一个是无定二代，哪一个是彼得罗二代。他们如同一个合体，又年轻又衰老，又天真又世故，遇事总是向着截然相反的两个方向努力，很难说，如果没有另一个，事情会不会进展得更顺利。

无论怎样，当他们嘴里都不剩下一颗牙齿的时候，他们终于造出了钢铁和橡胶。

无定二代在临终时，像他父亲当年那样，将演讲稿一字一句口授给自己的独子。

这位耄耋老人相信，他的儿子在有生之年，一定会见到令他父亲梦萦魂绕的钟鼓楼，然后向着那个青砖乌瓦的古老城市，大声说出这句沉甸甸浸透着他们家族三代意念的话。

而他们三代人终生盼望的大路或许就在无定三代的话音里自动聚落生成。

无论是无定三代还是彼得罗三代，都没有他们父代这样的信心，他们间断性地陷入自我怀疑，间断性地情绪崩溃，却奇迹般地在他们四十五岁时发明了彼得堡第一辆汽车。那辆汽车的燃料主要是人呼出的气体，此外还加入其他一些不那么活泼的气体。这些混合气体在气罐里自动冷凝，推动活塞做功，产生汽车的驱动力，同时产生的柴油顺着油管排到油缸里。

新车启程那天，两个人意气风发。无定驾驶汽车从一座座桥上疾驰而过，将行人和马车甩在后面，没多久，他们就驶离了彼得堡。彼得罗回头目送那些漂亮的彩色圆顶宫殿，直到它们消失在目力所及处。

"说不定没多久我们就会回来的。"无定安慰彼得罗。

"是啊,到时候有了路,开车来往两地就不是什么事了。"彼得罗的兴致又高起来。"真想早一点到帝都。我想知道那里的汽车是不是和我们的构造一样。如果不一样,那谁的汽车更快更结实。"

无定早已经习惯彼得罗的孩子气。尽管据说无定家族的人应该更天真才对。不过并没有什么区别。无定踩下气门,指挥着汽车精神抖擞地向前冲去。

沿途的小镇村庄早已经听到他们要来的消息。当地的居民争相想看看欧洲第一辆汽车是什么样的。他们夹道欢迎无定、彼得罗,向车里投掷面包奶酪西红柿伏特加,在渡口和泥泞地守候着,只要车一有麻烦就立刻伸手援助。在诺夫哥罗德的集市上,汽车被热情的人们给团团围住长达 3 小时之久,每个人都想要伸手摸摸这座神奇的四轮房子。幸好当地警察赶来,才维持住秩序,一度混乱至极的场面得到了控制。但是情况也并不像无定三代以为的那样得到扭转,他们能很快离开这座热情之城。因为警察也是人,有着同样强烈的求知欲。同样的,每一个警察都有那么十几个格外亲密的亲戚。他们也一样有着需要被尊重的求知欲。所以,无定和彼得罗很快发现他们至少还需要半天才能从这座小镇脱身。

吸取了这次教训,无定选择黎明时分把车开上了伏尔加河的渡轮。大部分人此时还在睡梦中。船上只有七八个值完夜班的哥萨克工人。他们围成一圈议论着什么。过了一会,他们大声争论起来。最终,他们中的一个跑过来问彼得罗，这辆形状奇怪的马车到底把马藏在了哪里。

彼得罗哈哈大笑和他们聊了起来。他喜欢和所有人聊天。似乎所有皮肤光洁的人自然而然话就会多。无定想不起自己皮肤光洁的时候是什么样的。他才四十岁，却已经忘却年轻时的记忆。他常常觉得自己的生命是从他爷爷出生起开始的。眼前经过的，在很早之前就已经经过。无论遇到什么发生什么都似曾相识。这感觉纠缠着他，无法摆脱，令他的生活如同口中之水一样无味。

大概是第四天，他们在喀山附近的河谷边被迫停下来。气罐空了。他们必须补充他们的燃料。无定和彼得罗下车，打开汽车前盖拔下气罐连接发动机的橡皮管，对着橡皮管轮流吹气。偏偏这时候下起了雨。周围没有任何可以挡雨的地方。他们只能一边淋雨一边吹气。这时候，忽然来了一长列四轮马车。从上面跳下七八个衣着华丽的年轻人。当他们明白无定的处境后，立刻提出加入到补充燃料的工作里来。

"这个就放心交给我们。我们是这个地区最好的铜管乐器手。"他们中一个大鼻子年轻人说道。

他没有吹牛。果然，没一会，气罐就被充满了。

年轻人们欢呼着跳上马车，不等无定说完感激的话就扬长而去。

"怎么样，陌生人有时候也挺不错的吧。"彼得罗说道。尽管外貌差异很大，但毕竟他们的生长方向一致，所以彼得罗和这些俄国人相处起来十分好。他信任他们。

无定没吭声，回到驾驶座，重重踩下油门，引擎发出悦耳的轰鸣。

雨时下时停，雾气一直很重，连续好几天他们没有怎么见到太阳。虽然森林里有足够宽敞的路供汽车行进，但总是不断被倒了的树干挡住。彼得罗总是率先下车去推开树干或者别的什么挡路的东西。有一次，甚至是一头断角雄鹿的尸体。无定的脸色一天比一天阴沉，仿佛要融化在浓雾中。无论彼得罗怎么努力，也不能逗他开口。最后，连彼得罗也消沉下去。两人就这样沉默着，忍受着飞溅而来的泥巴，经过污浊的池塘、高高的灌木，穿行在一簇簇鸢尾花中，直到走出这片森林，远远看到在边境线上聚集的市镇。

在市镇稍作休息的时候，无定发现一家中国人开的油站。他操着带口音的汉语，连带比画，经过一番激烈的讨价还价，终于用剩下的所有卢布买下了几升柴油的倾倒权，将这些天汽车排出的柴油全部倒入油库。汽车减轻负荷后，时速提高不少，没多久就进入蒙古境内。

"那是什么？"彼得罗忽然问。无定顺着他手指方向看见远处有一小片云影扫过地面，朝他们逼来。他立刻意识到那并不是什么云影。与此同时，强风呼啸而过，预告着沙尘暴即将来临。彼得罗试图代替无定开车逃离沙尘暴，但无定一把把他拉到汽车座椅下，用外套挡住口鼻。汽车剧烈晃动起来，被一只无形大手随意摆弄，好几次差点掀翻。沙子如同湍急的河流，在地面打转，随即升腾遮蔽天空，一时间沙的洪流几乎吞没天地万物，连同其中小小的一辆汽车还有里面两个人。无定紧紧抓住彼得罗，他生平第一次意识到他们可能不会同时死去。他们中的一个可能先另一个死去。这想法比沙尘暴更剧烈地撼动无定的身心。等到沙尘暴结束，这念头还在。

即使车开进松树林，空气中溢满松脂芳香都无法镇定他的不安。离北京城还有很远，谁也不知道会发生什么。一代们言之不详的"路途漫长艰困"一旦亲身经历，忽然体量剧增如巨兽般恐怖。无定三代能明显感到自己体力的衰退，相比起来，同伴却显得越来越精力充沛。一直以来维系在两人之间的平衡骤然被打破。至少在无定心里是这么觉得的。仿佛是为了印证他的想法，快到森林休息站的时候，车的左驱动轮开裂了。他们卸下轮子，希望能找一个合适的地方用热水浸泡轮子。休息站里的守林人建议他们去友鲁河边的澡堂。三代们决定利用这个机会也放松一下。澡堂里，彼得罗抱着轮胎专心浸泡。面对裸露在面前的这具健硕身体，无定痛下决心。他淌水走近彼得罗，凑到他耳边，说出他们家祖传的那段演讲内容。

彼得罗十分吃惊。"为什么告诉我这个。"他问。

无定没有回答，佯装什么也没发生继续清洗身体。这具身体曾经也挺拔健硕过，有过紧实的肌肉，但现在……他已经太老。他不觉得他能活着穿过可怕的戈壁。

七

几天后无定和彼得罗告别放声大笑的蒙古人和他们的牛群，开车闯进戈壁。那真是一片酷热的地狱。空气中的每个单子都躁动不安。用彼得罗的话说，每个单子都蹦跶得和热锅上的跳豆一样。只有当他们的车开过时，才能给这片蛮荒之地带来一点文明的凉意。

"戈壁里的生物们一定会觉得我们的车是上天的恩赐吧。"彼得罗斜瞟了一眼无定，讪讪收回笑容。

无定的面孔经过太阳暴晒后绽裂肿胀，原本阴郁的神情如今看来几近可怖。他闷闷不乐地开着车，有时候即便看到前方有大石子也不绕过，笔直驾车从上面碾过，完全不顾车身可能在颠簸中散架。即便是面对令人多少敬畏的敖包，他也毫不顾忌的冲撞过去，写满藏文祈祷的小纸条和小旗帜都没能阻止他。

彼得罗一次又一次看着他们的车从牛或者马的头骨压过。那声音令人毛骨悚然。他提议由他来顶替无定开车，但被拒绝了。在这片广袤孤寂的荒地里，远处的地平线看起来近在咫尺。天空却高得令人心慌。距离和景物一起变得不真实。路面向后快速退去，如同海中汹涌的波涛。

"停下，无定。车会散架的。"彼得罗喊道。

车停了，并不是因为彼得罗的关系。车在攀爬沙丘时，车轮陷进了沙子。沙子太松软。无论如何转动手柄发动引擎，主动轮开始空转，引擎开始变冷，冒出寒气，结出白霜。再强行发动引擎，其他汽车部件可能会被冻住。

他们搓手无措地站在太阳底下。

"你走吧。现在走还来得及。你正是最强壮的时候，说不定能走出这片戈壁。"无定对彼得罗说。

彼得罗眯着眼睛瞧了一会无定，转身从车底座上面拿出铲子，开始清理车轮下的沙子。

"没用的。别耽误了，你快走。"无定拉住他，"到了北京城，记得替我把我爷爷一直想说的那句话给说了。"

"什么话?"彼得罗看起来一头雾水，"对了，我跟你说个笑话。之前和我们同路的蒙古大哥一直以为我们是孪生兄弟。他说我们单独出现的时候他分不清我们谁是谁，只有两个人都在时才能清楚地区分出谁是谁。"

"我和你不一样彼得罗。"无定觉得嗓子疼得厉害。他不是彼得罗。他的身体是从稳定态到混乱态。他体内的燃料已经殆尽。他既没有力气也没有热情，要回到北京城，只为了一条没有他也会建成的公路。

在这激动人心的征途上，他仍然感到厌倦——为什么一定要造一条路，既然它迟早会出现。

这问题让人厌倦。这厌倦让他更厌倦。

彼得罗和他都希望尽快回到北京城。彼得罗是为一条路，而他只是为了一个终点。

他只想尽快回到北京城，尽快结束自己的这份厌倦。

"对，你和我不一样。你是无定，我是彼得罗。造路的人是无定。如果你不向前，就不会有道路。想想这个世界正等着你创造一条新的道路。"彼得罗哽咽着推开无定，埋头清理沙子。"这条向西的路，也许，也许可以用别的方法造，但现在只有这一种方法造你造的这条路。有些事虽然徒劳，但绝不是没有意义。"

无定松开手，向后退开。他不再阻止彼得罗。

有的人总喜欢这样的无用功。就像这片曾经是海的沙地，如今只剩下地上一片盐白。即便有一两口井，也无法改变事实。

引擎经过一阵休息，的确正在逐渐回暖。但离真正可以有效发动，还差得很远。除非有水……

无定的脑子里响起嘎吱一声，好像许久没有开启的门被重新打开。他忽然意识到他们还有一线生机。只要有水，可以化去引擎上的霜。

恰恰在目力所及处，一小片稀疏的草地上，有一座井……

八

无定三代和彼得罗三代花了一个多月，历经千辛万苦抵达了北京郊县。他们按照无定一代画的路线图，越过一座座容易翻越的山岭，眼看就要到了北京城。

夕阳西落时，他们爬上最后一道山峰，站在山顶俯瞰山下。

那座青灰色的古老城池就在那里，已经等了他们好多年。

"你现在可以大声讲出那几句话了。"彼得罗对无定说。

"不，我要进了城再说，当着所有人面前。"

"我知道。你先练习一下嘛。演讲嘛，别卡壳。来，把我当作那些人。"

无定看了一眼彼得罗，腼腆地低下头。

"来，来吧。"彼得罗弯肘重重捅无定。

无定抬起头，深呼吸酝酿了一下，又深呼吸，又酝酿了一下。脑海里浮现出无定二代气若游丝吐出这句话的样子。他缓缓转向彼得罗："来了？"

"嗯，来吧。"

无定三代挺起胸膛大声想着前面苍茫暮色说道："历史告诉我们，那些说好听话的人总比埋头做事的人受欢迎。但是没有关系，历史也告诉我们，它需要那些埋头苦干的笨蛋，因为是他们造就了历史。"

有一阵子，忽然什么声音都没了。

天地间静得出奇，仿佛所有声响都在那一刻屏住气息，等着无定三代话语的余音袅袅升起，或者缓缓落下，像洁白的细雪，又像不知从谁的胸膛里淬出的火花。

尽管这只是一句朴素笨拙，再普通不过的话。

"真啰唆，是吧？就这话传了三代人。"无定轻轻问彼得罗。

"嗯。真啰唆。的确是无定爷爷会说的话。如假包换。"

"如假包换。"无定鼻子一酸。眼睛就湿了。眼里的北京城一时间变得模糊，多出许多道重影。直到眼泪落下，西北角上的那道橘色光影仍然没有消失。无定又揉了揉眼睛。这次他看清了，却又不敢相信自己的眼睛。在北京城墙的西北角上，豁然开了一道大口子。一栋大厦拔地而起，高耸在原先是城墙的位置。无定一代嘴里反反复复描绘的北京城并没有这座高楼。

无定和彼得罗面面相觑。这座看似无关紧要的建筑莫名地令两人不安。这时，身后的日头彻底落下。夜幕笼罩下，衬得北京城灯火分明。即使站在远处的山上，似乎也能听到从那传来的喧哗。

这时，迎面开来一辆四马力的世爵从他们身边经过。彼得罗小跑跟上，贴着窗问里面："劳驾，看着您像打北京城里出来的吧。请问您知道城墙西北角那座高楼是什么？"

"是，我是从城里出来。您不知道那高楼也不奇怪。它才生成没几天。那是北京西站。天人说，西站一生成，最多半个月，从北京城往西边的大路就能生成。往后，从北京城往西，想走多远就可以走多远，再也不费劲了。盼了这么多年，这条向西的大路——终于自个儿生成了。"说话间，车已经走远，只留下残余的人声从夜色里飘来，落在那两个愣在原地的人身上。

过了许久，彼得罗回转身看无定。

"没想到啊。"他说。

"没想到。"无定回。

"至少……"

"嗯，至少……"

天黑了。墨色天空下，无定举步走到陡崖边，他眺目远望，北京城还是那个北京城。只是多了一座高楼。

那高楼金碧辉煌，灿烂夺目，好像在云端。

后来的人类

"那穿山越岭之人的脚踪是何等佳美。他带来佳音，报告平安，传递喜讯，宣布救恩，对锡安说，你的上帝做王了。"

一 莲果（上）

走在山上时，人——是看不到山的。

眼见只有脚下蜿蜒苍白的山道，走的时候久了，慢慢失去判断，是上是下，不过是迈一步的事情，尤眨了眨眼。干涩的眼睛里挤出泪水。盯着路面久了，眼睛容易疲劳。他被告诫过，但走得出神就忘了。脚下的路好像塞壬的歌声，吸引着水手一头栽进深海。他的目光也沉甸甸地好像醉了般一头栽进这路面，沉醉进昏沉沉的惯性里，不想做任何改变。视线之方向、呼吸之频率、双手摆动之幅度、脊椎弯曲之角度，步速、心率、肺部微微刺痛的程度——始终保持在起始状态。落入巨大惯性的人，几乎可以媲美高度精密的机械。

　　路两边的桫椤陪着他。高耸繁茂的植物屏障。他在梦里见过这样巨大的蕨类，有着树一样的形貌。茎干粗壮挺拔，顶端长长的羽翼状叶片螺旋上升，层层叠叠投下绿色阴影，无边无尽的轻盈，随时可能飞起来。他梦见的一定是一大片桫椤树，就像此刻山路两边延绵生长的桫椤树，遮挡住视线，如何眺望，目光都越不过这张由无数互生羽片织就的网罗。

　　这正是在山道两边种植大片桫椤的原因。经过改良，它们更高大，并且能够紧密得挨在一起生长，毅然而然地遮蔽他物，只留给路人脚下一时一刻的山路。

　　路人看不到，那些山峰，山涧，山坡上的吊脚楼，隐身山沟里的废弃工厂。它们被桫椤遮蔽——或者根本就不存在。尤忍不住这么想。在遮蔽视线的大网后面根本什么都没有。

　　如要真是这样，看不见倒是好事。他可以继续想象，那些他道听途说来的神秘风景。

　　它们——只是他道听途说的风景。

　　他不是讨人喜欢的游客，冷淡，吝啬，天生带着一副难以取悦的表情，不擅长天真的惊叹，常常走神，又总是过分当真。入住寨子第一天，旅馆主人迎在门口，按当地风俗向客人献上牛角酒，他上去俯身一口气将酒喝得一滴不剩。当地人早早地警告过他，小心那酒，后劲十足。喝完千万不能吹风，一吹就倒。不同的人说着相同的话，在他心里一再加重话的分量。那酒在没喝之前就已经种下醉意，等到真的喝酒下肚之后却散得干干净净。他愣在门口，任主人带着其他客人进大堂，不愿相信刚刚饮下甜浆就是他们说的烈酒。酒席上喝的酒倒在粗陶浅口酒碗，扑面香气，但也没有更带酒劲。他悄悄离席。缀满银饰的姑娘们才唱起第二首祝酒歌时，他已经跨出酒店门槛来到老街，把亮晃晃的歌声和人面留在身后。

一家店挨着一家店地问，问同一个问题："有没有老酒，自家酿的。"怕被忽悠，连忙再加一句——"稠得能拉丝的那种"。

问到这里，被问的店家多半会多看他一眼，奇怪他一个游客怎么知道这些。

他也不知道自己是从哪儿知道的，反正就是知道。而店家反应令他更加深信不疑。

可惜，他们都没有自酿的酒。放在店里买的都是水一样的酒。"没办法。怕客人醉，怕闹出事。"

道理不说他也明白。土法酿的酒要在地里埋上个半年，过年开封一家人喝，浓稠得像蜂蜜。普通游客根本喝不了。道理他都明白，可就是想喝一口真正的米酒。

"沿街走，到尽头，有口井的，正对井的那家杂货店。你去问问，不定会有。"买炸糕的中年女人手往前面一戳。

他惊喜交加，向女人匆匆道谢，一路小跑。

就是为了尝一口真正的当地酒。本来可以不那么较真，就像他不去深究这寨上居民到底有多少是人类。勾兑的米酒、非人的乡民都是为了游客好，为了让大家玩得高兴，尽兴而归。

道理不说他也明白。但他就是想喝一口真正的米酒。

"有没有老酒，自家酿的。"

"没有。"

"稠得能拉丝的那种。"

"……"

酒香扑鼻。从罐中倾出绸缎般的浓浆，晃晃悠悠，光芒浮动其上，有些迟钝。盯着黏稠的液体盯久了，忘记了它是酒，像是透过薄云的月光，又好像是，脚下不断后退的路。

黏黏的，一点点移动，边界模糊，暗沉沉，沉得令人沉醉，催眠着身体。

只能盯住其中一点，奋力捞取流动中的一个片段。现在正在进行的，勉强连带着刚刚过去的那点残影、下一刻的落脚点。

再之前和之后的，也都隐没不现。

这路催眠着身体，啊，他是在路上。怎么就走到了这？他想不起来。脑海中牢牢能把握的最后现实是他朝老街的尽头奔去。那口井在眼里越来越大。再后来，只剩下只言片语的对话。不知道是真是假，是记忆还是幻想。

难道是醉了？怎样向那家人讨来的酒？那家人如何盛给他，他又是怎么喝下的。他一点都不记得。是真的喝了吗?

但如果没喝,他是怎么醉了的?

怎么就来到山上?他这是要去哪里——

他不知道。

尤停住脚步,像一辆在断崖边上刹住的车。

静止令他晕眩。深浅不一的暗影,围绕他旋转。他大口吸气,灌进来的空气水一样呛鼻。下意识伸出手,没有什么可以抓住的东西。尤听到一记闷响,发现眼前的黑暗微微变了一下模样,意识到自己瘫坐在地上。暗影转得更急。他轻轻笑出声。

这时,什么东西刺到他,落进他的眼角余光。桫椤粗壮笔直的茎干、黑褐色的鳞片上幽光闪跳,银针般刺进绿幽幽昏沉沉的意识里。已经不是第一次有这种感觉。他好像被什么东西盯上了。

尤终于开始害怕。

风声穿过叶梢落耳。每一声都重,每一声都带入许多更细微的声音。越听越听出更多声响,在辨析中生出更细微的需要辨析的事物,潮水般……

"走在山上时,人——是看不见山的。"

寨子会保护他的。尤想着,翻身醒转,不再觉得恐惧。

虽然闭着眼,极度舒适的体感令他安心。常识重新占了上风。他知道他不会有事,只要他还在旅游区。方圆一百多公里,从寨子眼望过去所有的山峦、溪流、茶园都在安全监控系统保护范围内。想到这，尤仿佛置身于一片纯白。

现在，只要睁开眼，就会知道置身何时何地，还有昨天晚上到底发生什么。

尤刻意拖延答案的揭晓，享受这纯白时刻——不断有大量噪音渗透进的纯白。

温度、湿度、空气流动方向和速度、室内光线的色温和亮度，卧具符合人体力学的曲线，床品纤维与肌肤的摩擦指数全都经过严密运算。几百个红外线感应探头将他每一秒的各项生理参数传输给体感调控系统，参考调取历史记录，不露痕迹地向他展开世界最友好温存的面貌。

也就是说，机器们早就知道他已经醒了。

尤睁开眼睛。他躺在旅馆房间的床上，身体显然被清洗照顾过，换上了睡衣，经过充分休息后状态不错。

房间瞬间切换状态。柔和的自然光线透过窗帘照进来。微风吹拂，夹带一丝水草的涩味。他走到门口，手碰到把手时，门铃响了。客房服务生为他送来定制套餐。他们闲聊起天气和睡眠质量。几句话后，服务生告诉他："昨天您喝多了，醉倒在后山的路上，幸亏没走太远，被巡逻——队发现带回旅馆。"她顿了顿，"幸亏发现得早，山里晚上寒气重。"

尤点点头，吞下套餐附带的预防感冒药。

服务生把昨天穿的那套衣服——已经洗净熨烫整齐——挂在衣架上。"您喜欢这里？"她问。

"我昨天才来。"尤顿了一下，"应该吧。"

服务生一边整理房间一边不紧不慢接过话："您看上去不像会对民族风情之类感兴趣。"

"说得没错。"尤多少有点惊讶于服务生的敏锐。

"我很好奇，您昨天大半夜出寨上山。寨子外面什么也没有。"

尤放下木筷，笔直地注视服务生的眼睛。眼睛很美，符合标准。大，明亮。睫毛浓密。瞳孔大小对称，完整。虹膜呈蜜色，丝绸般紧密光滑，圆形锯齿环状的外围自主神经环，没有坑洞和病理性色素。完美。

"你不是生物人吧？"他问。

服务生没有想到会遭遇这样粗鲁直接的问题。一般客人绝不会这么说话。她不知所措地看着尤。

"传控体。"尤明白了。

传控体，制作精良的人造品，拥有以假乱真的人类外表以及货真价实的人类意识。此时此刻某个深海人正通过意识传送，远程操控着这个传控体，即刻精准传达着他本人也未必完全察觉的情绪与反应。多有意思。人类冗余复杂的情绪，如今成为令人更像人的稀缺品质，在服务业大受欢迎，使得原先服务型机器人迅速被具有"情绪"的传控体取代。

尤对着瞳孔里摄像头微笑，向操控传控体的深海人示好。人家在工作。每一个劳动者都应该被尊重。

传控体一开始没有反应，大概是信号延误，很快她立即做出了符合职业精神的反应，柔声询问尤是否还有其他需要。

尤环顾四周，摇摇头。一切都很完美。他几乎乐不思蜀。他这么跟传控体说了。

传控体给出标准服务性笑容，似乎还说了句谢谢，她告诉他如果有什么需要，或者问题，请随时找她。接着她报上自己的编号。

"对了。"尤叫住准备离开的她。

传控体回过神，净白的硅胶面孔对着他。

"我想去山上转转。需要注意点什么？昨天晚上——我想去看看他们是什么样的。那些山峰，山涧，山坡上的吊脚楼，隐身山沟里的废弃工厂。"

有那么片刻，尤觉得室温骤然下降。空气滞重。传控体的表情凝固在上一刻的姿势里。仿佛中断与操控者的联系，如果下一刻从她的瞳孔里射出两道激光，也没有什么奇怪。她那个样子，可能会做出任何事。

"没有你说的那些东西。山涧、吊脚楼和废弃工厂统统不存在。寨子前后都是山，山上全是林子，那些桫椤树。"传控体重新有了生命迹象，缓缓说道。

"……"

"你为什么会有这样的念头呢？"传控体问。

迎面走来的陌生人硬塞给我的。尤想这么回答，但忍住了。他不知道自己为什么会有这样的念头。

传控体看他一眼，轻叹口气，走出房间。

在层层叠叠的桫椤后面，一定有些什么。吊脚楼，或者废弃工厂。

他为什么凭空生出这样的念头？尤自己也不清楚。

他只是普通游客，却毫无道理地相信桫椤树后别有洞天，所以昨天晚上借着酒劲，上山一探究竟。但果然，人在山上是看不见山的。

说到底，他为什么要千里迢迢亲身来到这里。

有什么一定要来的理由吗？

尤脑袋里一片混乱。记忆破碎模糊。尤倒是早已习惯。可就在刚才，他突然注意到记忆中一段空白，之前从未察觉，如今散发不祥的气息。怎么看，都不是被遗忘的空白。无论怎样召唤，空白以沉默相对。空白拒绝被记起。记忆里的一块异物。

从窗外传来河对岸广场上的乐声。笛声鼓声衬托着少女们清澈激越的歌声。想必是载歌载舞的画面。这里每天都是节日，少女们永远盛装打扮。"稻田夏季开花，随风散发悠悠清香。"少女们这样唱着。尤感到烦躁。就在歌声里，整个世界发生了轻微的位移。此刻身处场景生出几乎肉眼可见的裂纹，仿佛这现实之下，另有一个现实呼之欲出。

稻花香在暗夜里浮动。深思恍惚的夏夜。

一开始她们是女孩。

尤就在那，和另外一个女孩一起。她们坐在田边供人休憩的亭子里。天黑了，没有月亮。女孩侧过脸对她说：走在山上时，人是看不见山的。

尤跳了起来。

二 莲果（下）

"将来会怎么样？"

"谁知道。走在山上时，人是看不见路的。"

"嗯。"

"我们立个约！四年后，在寨子见。"

尤答应了。四年前的那一天，他和人约定将来在这里相见，心里却明白这不是一个可以认真的约定。这只是一个临别前煞有其事的约定，多年友情的印记，在未完全退去前，聊此自慰。那个人不会真的赴约。他就这样，随心所欲度日，任意差使他人，从不假装冒险生活，从不假装留意过去。

他叫元鸥，是尤最后的朋友——曾经是。

他们同月同日出生，同样不合群，送到同一家教育院被分进同一个班，之后一起终结童年，跌跌撞撞一起熬过青少年时期，等到成年礼那天，又都选择拒绝"深海"。那一年，四千多即将成人的少年里，只有二十六个人做了这样的决定。他们拒绝将记忆和意识上传到深海，拒绝舍弃肉体，也意味着他们放弃了成为永恒。

"别开玩笑。怎么可能放心。那种东西设备一旦出问题，谁来保证上传的人类数据安全？"元鸥的理由很简单。元鸥的理由一向简单。他从小到大都是这样果敢坚决，近乎鲁莽。和尤完全不同。尤因此喜欢他。两个人中，尤永远是游移不定、患得患失的那个。哪怕晚饭吃什么这样小问题，他都需要提取血液样本分析生理指数掌握当时身体状况，同时调取各地食材三年内产量曲线营养物质成分变化曲线，重新进行比对分析，做出最终决定。他需要数据和计算来帮助他做选择。而人生几乎是由各种各样的选择组成。没有数据他寸步难行。他把大部分时间都用在了搜集调取数据和计算上。用元鸥的话来说，他其实就是一组人形的函数公式。

这个说法非常不严谨。不过元鸥说话就是这种风格。凡是元鸥的风格，尤都可以接受。事实上，能忍受尤的人，大概也只有元鸥。毕竟不是谁都有耐心和一个人形函数做朋友。最关键的是，每每面临"重要"选择，偏偏计算结果数值相近——只在小数点后十几位上有所差别时，他需要元鸥毫无道理的喜好来帮助他做决定。"就他了。"元鸥的意志在那些时刻犹如宝物般闪闪发光，帮助尤走出迷境。他如此依赖这个同龄人，多年后才意识到自己的这份依赖在一点点侵蚀元鸥的意志。尽管当时，他们俩谁都没有察觉。

几乎所有人都觉得他们会成年礼后分开。元鸥一定不会去深海，而尤一定会选择深海——经过计算。可能，连他们自己也是这样觉得的。他们从来没有讨论过成年礼分流的事。回想起他们那些漫无边际、云山雾罩的对话，每一次感觉将要接近那个话题时，他们总能完美绕过那个重要得不能再重要的人生话题。

一开始，只是因为天真。他们曾经以为十八岁也好，成年礼也好，全都遥遥无期，一边学习史前文明史和编程，一边取笑"深海"发明前人类所有妄图成为永恒的尝试。人生方向也好，生命形态也好，都是成年人才需要考虑的无聊事情。他们自以为与众不同，可以被命运豁免，永远年轻。

大概是升到中级班不久后，身体以令人惊骇地方式向他们展开报复，报复他们的无知和轻慢。体毛、喉结、嗓音、难以平息的躁动、离奇的梦境，以及随之倾泻出身体的精液。遭受他们嘲笑的成年人法则毫不留情地改造他们的身体。再次发育的身体令他们慌乱。每天，都会有一点不同。他们惊讶地观察着身体的变化，有时像个旁观者，有时像受人摆布的瘫痪病人。他们第一次意识到，他们正在长大。不可逆的时间箭头正带着他们奔向命运重要的节点。

他们并不比别人特别。

从那个时候起，尤开始疯狂搜集"深海"人群的相关数据：从每年进入深海的人数，目前深海人群的年龄构成，心理稳定基数，人格建模的交叠曲线。各个地方人员的分布比例，教育班的学习情况。深海人群思维活力的外围调查。调查的问题渐渐脱轨，从笼统泛泛不知不觉深入到个体。他完全着迷于此。在这些数字背后有他想要的答案。必须在十八岁成年礼之前找到那个答案。

没有人提醒他不要擅自越过深海的安全权限。元鸥也没有。他只是不时跑来看看，一声不吭。直到有一天，他打破沉默。

"所以，快算出来了吗？"

"快了。"

元鸥点点头，细长胳膊在身体两侧划了几下："找点其他事做做怎么样？"

多年后，当尤在重新想起这位朋友时，脑海里浮现的就是元鸥当时的那张面孔。说不出有什么特别。那绝不是他最光彩照人的时刻。眼睛半睁半闭，斜睨向人，嘴唇微微张开，露出牙齿，静止在出现表情前的瞬间。下一刻他就要笑了，或者张嘴撕咬。风从身后吹起，他的衣衫胀得鼓鼓的，头发被吹得乱七八糟，衬得脸色更加青白。

"给你看一样东西？"元鸥一动不动地望着他。孩子气的撩拨。他就是要他开口问他。

"是什么东西？"尤问。

"兔子洞。"元鸥回答。

那几年，在教育院孩子中间流行起一股复古电子风潮。PS 沉浸、PC 机游戏、MD 音乐、电子宠物、红白机和全息魔方，曾经被淘汰的技术，遗弃的设备，化石般古老的软件硬件被他们重新翻出，修复，以高价买卖流通。越古旧的玩乐，越酷，越高价。不知道是谁起的头，他们给这些老物件起了各种绰号。红白机——背带裤小姐，魔方——姜饼屋，PS 沉浸，则是"兔子洞"。

这是一个没有爱丽丝的玩笑。尤想。

他望着元鸥。那个人卖弄地，慢腾腾拿出一整套兔子洞，从光碟主机体两人份的体感装置一应俱全。简直是奇迹。到底从哪儿弄来的。他没来得及开口问任何问题，已经下意识接过元鸥递来的体感装置。

"来吧，带你转转。"元鸥的声音从感应头盔里传出。

一开始，她们是少女。

她们坐在田边用来休憩的凉亭里。天黑了。没有月亮。应该是夏天。田那边蛙声阵阵。铠甲般衣裙下皮肤微微沁出汗。真热。元鸥就在她身边。她看起来格外庄重盛大，像宴席上最贵重的容器，熠熠生辉，供人祭拜。她想，她应该也是这个样子，身着盛装，脚踩浪花船头鞋，一头长发拢于头顶挽成高锥髻，别满银针、银簪，插上银梳，连同环绕脖颈的银锁，这些银饰物的光亮，在昏昏烛光里跳动，左奔右突，试探着，要从女孩身上逃走，逃进稻田中。稻花已经开了。但是不行。村民们在凉亭外站成一圈，不时在原地变换站姿，他们口中呼出沉沉的气息还有丝丝缕缕的细语，他们手里的灯笼从暗处招来飘忽不定的影子，将少女和她们的银光团团围住。尤低头看身上的银锁。银锁搁浅在她隆起的胸口。她一阵恍惚，为了少女鲜活的肉体，也为了银锁流动的光。她从来不知道，原来金属的光泽也会这样脆弱易碎不确定。

心跳加快。

她掉进梦境了。"元鸥……"

"嘘。"人群中发出要她噤声的嘘声。

　　一个黑影走上前，在她们俩面前站住，掏出怀里的黑帕，将她们的脸分别蒙上。轮到她，尤不由自主地躲。一只手轻轻覆在她手背上。温暖又柔软，让人安心。是元鸥。尤反手握住她的手。在女孩的身体里，她们以女孩的方式自然而然地回应着彼此。

　　黑帕落下。两眼一片漆黑，什么也看不见。她喘不上气，呼吸急促。元鸥轻拍她的手。几乎同时，响起马铃声。由近及远，渐渐向稻田里去。不同于往日听到的铃声不羁随意，在风里或者随牲口赶路脖颈晃荡。这铃声微弱，却沉着，有自己的节奏，在静默里摇荡出静默的韵律，深深沉下去再扬起清脆叮当。几下铃声之后，另一种声音加入进来，悠悠扬扬，不疾不徐，像是天地万物忽然开口唱起歌。

　　"稻花魂，稻花魂，快来歌堂上，快来田坎边，快来和我们一起玩耍，快来和我们一起歌舞，从那天堂来，从祖先那里来。"

　　歌声铃声渐渐拢过来，夹杂着脚步声。这时，眼睛已经适合，隐约隔着黑布看见人影挨近，手里拿着什么插进她们的头巾。湿漉漉的，带着刚被折断茎秆的味道。一滴水顺着脸颊往下流。还不等她决定是否伸手擦去，又疾又细的水珠打到脸上。她懵了。紧接着又是一阵。又一阵。

　　然后，天就黑了，不对，是烛火灭了。

　　尤脸上发烫。第一次试玩，正值青春期，意识又毫无预兆地进入少女身体，还没体会到乐趣，就被系统判定沉浸状态不稳定，踢出兔子洞。元鸥没有放过嘲笑他的机会。一道迅疾清洁的笑容，在快速展开又消失后，仍然留下持久的清洁剂味道。他在那样的味道里向尤解释：

"进兔子洞，最关键就是要保持沉浸状态稳定。传感装置采集玩家生理指数，脑电波、心率、激素水平等等都得在标准范围内，否则就会被请出去。"他顿了顿，仿佛是在确认尤是否做好准备，集中精神尽力理解他接下来要说的，"这个兔子洞比其他的复杂，由两级嵌套沉浸组成。一级沉浸里嵌套二级沉浸。第二级沉浸是沉浸中的沉浸，虚拟中的虚拟，需要比第一级沉浸更深入的沉浸度，各项指数相应也会更严苛。我们刚刚进入的是一级沉浸。在那儿，我们是被选出的少女。"语速微妙慢下来，在被洁净过的空气里，元鸥本人仿佛消隐在他要说的话里。"在一级沉浸，我们是少女，被歌师选中在无月之夜被带到田边祭祀场所。我们坐成一排，蒙上头帕，等待歌师指引。如果顺利，我们魂魄将在完全的黑暗里，由歌声和马铃声带领，离开身体，用他们的话说就是进入神游状态，其实是意识从一级沉浸进入二级沉浸——穿越两千年的时光，进入到她先祖的身体，沿族人当年逃亡迁徙的路线逆行寻根，跋涉千山万水，历经艰险，回到部族发源地，他们的故乡。所有族人，过去的现在的，在那一刻都获得幸福。"

"你没觉得很多余吗？"尤问。

"什么多余？所有人的幸福？"

"嵌套沉浸。只是一个返乡历险的故事。第一级沉浸没有必要。"

"那怎么行？去掉第一级沉浸，我们都不是少女了呀。"

尤盯着元鸥，无法判定他话里有几分玩笑的意思。"好玩吗？"他又问。

当然不好玩。不用元鸥回答，不用仔细计算，他也知道这个兔子洞并不好玩。和技术无关，同样是沉浸，火星历险或者伯罗奔尼撒战争这样的内容有意思得多。这个兔子洞既没提供多少亲临其境的刺激与奇观，又复杂得毫无意义。

"多好啊。哪去找那么无聊的兔子洞。来，再进去转转。"元鸥朝他招手，仿佛他在远处。而他却要他进到他的世界，用一套无聊透顶的沉浸体验。

尤明白他的心思，可他一直也不想明白。他想认真活着，至少假装认真地活着，而不是像元鸥那样。

到头来，他们还是一样，一本正经地浪费时间，假装沉迷于什么。尤笑了。元鸥跟着笑了。洁白的牙齿一闪而过。

从那天起，尤的大部分时间都花在了兔子洞里。他不再搜集深海的数据，不再计算成年后的命运。是进入"深海"，或者留在"地上"，等到成年那天再作考虑吧。他并不是不迷茫。但在元鸥身边，人就会慢慢适应迷茫。尽管找不到兔子洞的乐趣，他甘心情愿置身其中。

火把在前面几步路外晃动。她们走在队伍里，不知不觉沿河向东走了一天。到天黑，先师也没有示意扎营休憩。壮硕的男丁走在前面，高举火把劈枝斩叶。其他人咬牙跟着。在森林深处掉队是可怕的。尤其到了夜里。肉食巨兽的腥臭紧紧围逼过来。仅剩下二十多个族人，除了先师，大部分是二十几的年轻人。所有人都瘦骨嶙峋，男人们衣衫褴褛，而女人们披戴着银器。这是他们的全部家当。迁徙时就由女人们穿戴在身。不单如此。尤摸向衣领周围那一圈螺旋纹蜡染。据说这是为纪念族人们历经无数险滩恶浪所做的"漩涡"印记。他们的族人没有文字，世世代代口传身授过往荣耀与血泪，为了不忘记，便将往事画面一针一线绣在衣裙上。从上古时代神圣事迹，先祖传说，故土城池的描绘，辗转流离的漂泊路线，全部落在女人盛装里，有据可循。

先师抬起右手。队伍停下。前方一块小小的空地。看起来也没有比之前经过的空地好多少。但先师不会错。今晚他们会在这里过夜。不用指派，每个人都熟悉自己的责任，立刻忙碌起来。元鸥和尤一起去四处寻找可以食用的果子。

"赶路的时候你走神了吧？"四下没人时，元鸥悄声说。

"嗯。他们说，衣服上的绣图好比我们族的史书。"

"嗯，记了不少事。"元鸥的手指囵囵滑过肩袖领衣边的绣花，"真沉，比我在英雄魔兽里穿的铠甲还沉。"

她没有夸张。尤其是肩背袖上的方形红底的绣片，就形状来看也像铠甲。长途跋涉时，令她们苦不堪言。然而除了忍耐别无他法。尤闭上嘴，专心寻找充饥野果。现在是春天，大部分果实还没成熟。不过还好有野菜。

——是元鸥先发现那棵树的。走着走着他忽然偏离原来路线，朝左边小山坡跑去。山坡不高但是很陡。他手脚并用爬到半腰，在两块巨石面前停下。他高举火把，照亮前方，原来巨石缝隙间竟然斜生出一棵羸弱的小树。树干才只有人的腰那么粗。吸引元鸥的当然不可能是小树顽强的生命力。尤眯起眼仔细看，立刻明白了。他快步跟了上去。

火光将藏在树叶间的果实照得通透可爱。这种果子以前从没见过，红色灯笼状，拇指大小，玲珑剔透。仔细看，有的果实上还有虫洞。果香扑鼻。即使没吃，都觉得甜。站在树下，口水不觉分泌旺盛。元鸥和尤交换眼神，各自摘下一颗果实塞进嘴里。比想象的还要甜。

令人迷醉。

尤借着火光打量身上的衣裳。目光落到青色长绉裙，裙子外罩二十四条红底花飘带，飘带上数不清的动物，无论是蛙还是龙，都拿眼直瞪瞪望着她，似乎有什么想告诉她。

忽然她听到元鸥在喊她。抬头发现那个人不知道怎么爬上了对岸一棵大树，手中高举一串橘色椭圆果实。"快。河不深，蹚过来。"元鸥喊，"布口袋在你那儿吧？"

尤点点头，望着湍急的水流一阵心慌。左手一个劲

186

地捋袖子。她一紧张就会做这个小动作，把袖子边都磨得起毛，红丝线在那挑出饱满果实看起来都长了毛。试着改过，改不掉。

"水不深。快。"元鸥催她。

她小心翼翼地朝水里走，找好走的地方下脚。身体发麻，好像不是自己的。以前只要捋几次袖子就不慌，但这次不知道什么越捋越越心慌。

总算过河到了树下。元鸥已经采了许多果子等着了。

她递给尤一串，自己一串。果实香气诱人。尤接过来的时候脑子嗡的一声就炸开了。隐隐觉得不对劲，但是她实在太饿了。没什么能阻止她吃下这果子。她和元鸥迫不及待地吞下果子。

元鸥忽然在前面站住。尤跑过去发现左边原本光秃秃的峭壁上蔓延一片紫色花朵。空气里弥漫着清甜的香气，不像花朵，更像果实。

元鸥看了一眼尤，伸手摘下一朵，拿在手里才发现每一片花瓣都很厚，形同果肉。元鸥闻了闻紫花，没能忍住，把花放进嘴里。

尤望着元鸥心满意足地咀嚼吞咽，一颗心慢慢地沉下去。

她好像在哪里见过这个画面。"很甜吧？"她问元鸥。

没有人回答她。

睁开眼，尤环顾四周，确认自己是在哪一层现实。现实的现实，沉浸的现实，沉浸的沉浸现实。是夜。有火光。斥责声先于村民的身影将她们围绕。最后才是歌师忧虑的面孔。

是一级沉浸。我是祭祀仪式里的少女。尤想。一旦明白这点，从萦绕于耳的嗡嗡声里显现出清晰的语义。

"你们到底怎么回事？"村民们纷纷发出质问。

"啊，被踢出来了。"元鸥嘟囔道。她坐在尤相邻的柱子旁，抬头不解地望着愤怒的村民。"你们为什么那么生气。不就是神游中断了吗，再来一次就好。"

"再来一次？果然！你们又不记得了。今天晚上，昨天，前天，你们每次神游到一半就忽然醒来。前前后后有二十多次。先祖的身体不接纳你们。你们到底犯了什么禁忌？"一个声音高出八度，压过所有声音。

尤和元鸥相视无语，同时朝歌师看去。

"想一想，一定有什么事不能做，你们做了。否则没有理由会这样。"歌师眼窝深陷，声音沙哑，整个人就像被揉皱的纸团。在他身后，天色泛出虚弱的白。天快亮了。"你们真的不记得神游中断的事？"

尤不记得。她瞥向元鸥。那个人打了个哈欠。

"好好想想，你们每次回来前，都干了些什么？"歌师问。

元鸥慢腾腾地抬起眼睛："部落在河边安营扎寨休息。我们被派去找吃的。"

"之前你们也是这么说。找食物不应该有什么问题。

你们这次还是没来得及在回来前画符？"

尤愣了片刻，反应过来，歌师说的画符是指在二级沉浸中存档。正常情况下，她们每次离开当前沉浸前都会做个存档，把之前内容保留下来，确认下次神游时能从离开时的地方开始，内容也相应变化。她应该得存档的。她不记得自己是否做了。

"你确定不是你的歌有问题？"元鸥忽然问。

歌师刚要开口争辩，被尤打断。

尤一把拉过元鸥，直直盯着她的眼睛。她们太了解彼此，骗不了对方。"你真的……"她问。

"真的什么？"

"歌师叔叔，我想我大概知道错在哪了。"尤起身面向众人。

三　伊萨卡岛

据说，在可被察觉的意识下面，是不可测度的意识深海，不被察觉，难以探究，渊面混沌，智性之光无法穿透。偶尔其中一些碎片会浮上海面，被捕获和破解，变得明晰易懂。

比如那些一度被遗忘的往事片段。

如果那片海域里有一个废弃记忆垃圾场。

那么元鸥和他的约定应该就在那里。

然而，小概率的垃圾循环事件还是发生了。

一度以为忘掉的人和约定，却假以别的理由左右他的意志，决定他的行动。尤以为他是来这里旅游。直到到了这里，才明白自己的意图。

他是来见他，一个他努力忘记并且几番成功了的人。

他曾经的密友。他们一起在教育院长大，一起沉迷一个兔子洞。那时他们玩得真疯了，为它翘了许多节软体行为学的课。他们一度卡在某个节点。一次次被系统强制结束二级沉浸，退回到一级沉浸，意识从迁徙路上先祖的身体回到稻田边上少女的身体。作为少女的他们回忆不起神游时迁徙途中发生了什么意外。

古怪的是，即使退出兔子洞，他们也对沉浸里那段时间发生的事没有任何记忆。他们对在那个节点触发的事件没有一点印象，甚至有一度不知道具体达到那个节点的哪个位置。只到有一次（总是这样，只要重复得足够多，总会等到小概率事件）他们在沉浸里没有完全同步，虽然两个人还是被强行遣回起始点，但尤在那个沉浸界面的行动数据却没有被删除。他记得发生过的事。

症结原来是那些野果。传说中有魔力的果子，吃了它就会丧失记忆，重新回到沉浸开始处。于是他们一次又一次，日复一日，如同在沼泽患上热病的逃军，梦游般不断绕回原点，重复之前的对话动作，犯下同样的错误，在兔子洞的迷宫里迷失自我。

他们不是那稻田边的少女，更不是她们魂灵附身的先祖。他们是沉浸者，实实在在的人，却和兔子洞里的虚拟人物一样，受到魔法催眠，忘记了兔子洞里发生的事。

兔子洞与现实间界限模糊，在那里被篡改的记忆不知不觉渗透进沉浸者意识，固定为现实记忆。也就是说，玩游戏的人在他们的现实里忘记了游戏里发生的事。

看起来很平常，却藏着非常了不得的东西。非常阴险。元鸥这么评价那个兔子洞。说的时候，眼神飘到很远的地方。每当他对什么心怀憧憬时，就会露出这种表情。尤生出不祥的预感。

元鸥开始钻研起代码，想要写出，至少搞明白兔子洞里野果这部分的程序——其中有一部分编码超出兔子洞界限直接渗入进沉浸者记忆中。明明是沉浸中的经历，却深深嵌入体验者的生活记忆中，作为他现世经历的一部分。尤听完元鸥的话，告诉他最好还是放弃，以他的基础现在学已经晚了。元鸥并不辩驳。只是望着远方呵呵轻笑。那个时候的他，总是逆光站着。整个人镀了一道金光，面容模糊不清。

"你笑起来真有意思。"圆脸小伙子美滋滋放下茶盏说道。

"怎么有意思？"尤问他。早晨服务生走后不久，这个身着传统服装的年轻人敲开尤的房门，他被派来担当尤的私人向导，用他的话来说今后几天会一直陪在尤左右，提供最优质最本土化的导游服务。几乎同时，房间通讯器界面弹出的通知证实了他的说法。尤找不到理由拒绝。两个人在寨子里兜兜转转。黄昏时，向导领着筋疲力尽的他走进这家茶室。

"你笑起来，"向导不疾不徐倾出洗茶水，"声音，轻飘飘。像羽毛，越飘越远。"

漂亮的比喻。没想到。尤打量起眼前这个小伙。黝黑的脸上泛着红光。跟着他无头苍蝇一样在几个景点转，没有半句怨言，又能看准时机谦逊得体地提供帮助，做什么都乐在其中，行事说话令人如沐春风。有这样一位向导，尤本可以玩个痛快。

如果他不记起元鸥的话。

尤痛恨自己，下意识地来到这，重新记起和元鸥的约定，毫无道理地记挂着这个愚蠢约定。明明已经忘却，却鬼使神差突然动了来这儿的念头，不顾舟车劳顿来到此地；连时间地点都没有搞清，却对那古怪约定牵肠挂肚；无数次打起精神专注眼前奇异美丽的风土人情，不去想那古怪的约定，却总是心不在焉。目光不自觉从一张面孔转到另一张面孔，起起落落，打水竹篮。他以为元鸥会去那几个游客必去景点——方便好找，不引人生疑，人流往来如织便于藏匿，作为接头地点再合适不过。可每次寻过去却都扑空。

"你的笑像激流里的水泡。眨眼就没。这个说法，更准确。"向导一边为尤斟茶一边纠正道。

"已经很准确了。"尤换了坐姿。他素来不擅长应对能言善道者。

向导爽朗大笑。"对不起，别介意。来我们这里的游客很多，但亲身来的，还是不多。这里是少数民族聚落地，拥有世界文明的溶洞和被称作活化石的一级濒危植被。不过，你为什么要来这？"

突然被这么一问，尤措手不及。"这里是——原型。"

"什么原型？"

尤犹豫片刻。"你听说过兔子洞吗？"他问。

对方摇头。

"就是沉浸体验。我们那时候管它叫兔子洞。我曾经玩过一个兔子洞——和一个朋友一起。那个兔子洞的沉浸界面据说就是以你们寨子为原型的。"

"苗族的寨子都差不多。"向导说。

"我也这么想，所以过来看看。"

"那它是吗？"

它是吗？尤问自己，目光伸向记忆幽深处。

他熟悉兔子洞里的寨子，每次沉浸都从那里开始，只有通过歌师的歌声，他们才能进入二级沉浸，按照存档记录回到此前结束的地方，继续冒险。他熟悉那里，却又不。往返多次，也只是见过夜色里那一片稻田和凉亭。歌师稀疏的银发在火光里微微拂动，尽管没有一丝风。

马铃预备好了，鱼篓也预备好了。稻花渗出一些些香。歌师的手举起又落下。霎时间，族民手里的灯笼都灭了。

是这里吗？他们沉浸其中的那个寨子是否就是这里。

"你们寨子有没有在稻田边祭祀的风俗?"尤问。

"有。每年夏天会在田边举行稻唱。旅行导览有专门介绍……"向导开始热情介绍起稻唱。

尤边听边点头。向导口中的稻唱正是他们在兔子洞里经历的祭祀。

"所以,是这儿吗? 是以我们寨子为原型吗?"导游问。

"是的。"尤回答。是在这里。

这里是兔子洞里寨子的原型,也是元鸥和他约定见面的地方。

确定无疑。

尤眼皮发热,一颗心焦灼起来。或许他应该干脆丢掉伪装,直接向人打听元鸥的下落。如果他约见的地方的确是寨子,那么他就一定在这里,就一定会有人见过。如果打听不到,那就一定是自己搞错地方。

真想直接问面前这个向导见过元鸥没。尤仰头饮下一杯茶,连同刚才的冲动一同咽下。再着急也不能向寨子派来的人求助。他不信任官方。

"你可以相信我。"向导淡淡地说。

尤吓了一跳,没想到心思被轻易识破,不过立刻明白:通过侦测生理指数,识别面部表情,这些家伙几乎能够读取人类的心思意念。

"这方面我们一直做得很好,远超出你们想象。"向导说。

"你是传控体。"尤点头。

"你才看出来?"轮到向导惊讶。

他早该看出来,如果不是那么神不守舍。尤调转视线。

"不过,我其实不太喜欢'传控体'这个称呼。不严谨。我呢,是深海人,通过传控体和你交流。就像你们生物人之间通过手机说话,但不会称呼对方'手机'对吧?"尤想要道歉,被向导拦住。

"不,不用道歉,我有很多不足,还需要你多包涵,你知道的,我——已经没有身体很久了。再简单的身体经验对我来说都是需要海量数据进行学习。必须尽可能搜集读取你们的数据,才能和你们进行交流。有些事,我还不太懂。"

"你们有过身体。"尤纠正他。

"但只靠记忆是不够的。"

"至少你们不会遗忘。数据永远都在那里。"尤闭上嘴,赶在那个问题脱口而出前。

"如果面对你们的话。那些数据是不够的。"向导突然起身。"我喜欢这个工作,在这里做向导,通过身体去传达接受还有经历。不过之前接待的,都是和我一样的深海人。我们尽量回避这个事实,假装都是生物人。可你不一样。你知道吗,你是我第一个生物人顾客。"

向导黝黑的瞳仁里冒出热腾腾的光,仿佛一辆全速朝尤冲来的蒸汽火车头。然而撇除其中不加节制的热情,这目光看起来如此熟悉。他曾经在哪里见到过这样的目光。

——人们面对死者时候流露出的目光。

成年礼前的第七天，有女孩向元鸥告白。她是他们公共课上的同学，常常坐在元鸥后面。头发很长很直，身上带着很冷的香气。那天下课她跟着尤进了他们的宿舍。元鸥正在睡觉。他又熬了一个通宵，为了研究那个游戏代码。女孩走过去推醒他，叫着他的名字做最后确认，然后告诉他，她喜欢他。元鸥坐起来。被子从他身上滑落。他们盯着对方的眼睛，没人在乎元鸥白得发光的身体。他们沉着冷静，好像两个参赛运动员，没有多余动作，多余的话。尤准备离开，给他们留点私人空间。他们却同时结束对峙。

"嗯。"元鸥点头，钻回被窝。

女孩转身离开，出去前看了一眼尤。

尤听着女孩的脚步声远去，最终还是没有忍住。"就这样?"他问。

元鸥没回答。一阵蠕动后，脑袋也消失在被子下面。

"她说她喜欢你。"

从被窝里传出响亮呼声。

尤伸手掀被子，被元鸥手疾眼快一把按住。两个人争执拉扯，激烈得好像两个参赛角逐的选手。

"喂，我可是光着哦!"元鸥懒洋洋地笑起来。

尤丢开被子。"那不是正好。'身体只有通过身体才能被认识。'"进入深海前，少年们被允许体验成人的快乐。那个时候，无论走到哪里都可能会撞见一对，在剩下不多的时间里，体验身体带来的有限快乐。女孩也许不只是来告白的。

元鸥并不接茬，他再度躺平，把自己裹得好好的。"驻留意愿名单是不是公布了？"他问尤。

"嗯。上午。"尤明白了，"她在驻留名单上看到你，所以来劝你和她一起进入深海？"

元鸥大笑，双手拍打床板。"罗曼蒂克。你脑袋里都装的是什么。"

"难道不是？她说她喜欢你。"

元鸥收起笑容。"听着，她是来和我们说永别的。你也看到她看我们的眼神了。"

尤看见了。透明的哀恸，像泪水一样在那双眼睛里滚动。

"我们还活着。"

"对她们来说，我们已经死了。"

对那些选择深海的人而言，的确如此。进入深海后，他们的确可以将意识上传到传控体，重新回到三维世界，可以与生物人有短暂交会，但是，那毫无意义。只要放弃身体，进入深海，他们就获得永生。相比之下，留在地上的人类，自然生命短暂如朝露。在那个女孩看来，在她永恒的时间尺度里，元鸥剩下的日子几乎可以忽略不计。他们的确已经差不多死了。她是来道永别的。尤想起女孩最后投向他的目光，哀恸之下，更有连本人都没有察觉的轻松——得释放后的轻松。

元鸥双手交叠在脑后。脚踝在被子底下快活地转动着。"你真的想好了吗?"他问尤。

尤没有。一直以来他心存侥幸,总以为到了真正需要决定的时候,答案就会从天而降,他自然而然就知道该做出怎样的决定。但是没有。临近成年礼,他被迫面对。选择题横在空白屏幕上。只有两个选择,留在地上,或者深海。他脑子里所有的小晶格都崩坏了。脑海里一片电子雪花闪烁。等他明白过来的时候,就已经做出选择。

"还来得及改主意。意愿表只是意愿表。成年礼宣誓时上你说的话才算数。"

尤坐回自己的床。"那你呢?"他问元鸥。

"还用说吗?没有身体怎么玩兔子洞。我太喜欢那个沉浸体验了。它叫什么来着?"

"它叫什么来着?"向导看着尤。

"嗯?你刚才说?"尤深信此刻他脸上的表情一定足够真挚。他不再青涩,从容应对,衔接得天衣无缝,假装始终在场,始终全神贯注,没有丝毫愧疚。

他这样心不在焉已经很多年。

"你们一起玩的那个兔子洞,叫什么来着?"

"忘记了。我们就叫它兔子洞。因为我们反正也就只有这一个兔子洞。"

"也对。真想能进去体验一下?"

尤抬起眼睛看他。

"沉浸必须通过身体才能进行。传控体的生物外甲再先进，也无法取代身体复杂的感知能力。兔子洞里的世界，只有你们人类才可以进。"向导发出几乎听不见的叹息，"真想知道兔子洞里的世界是什么样的。"

"我也想知道深海是什么样。"尤低下头，咽下这句话。

他们沉默下来，仿佛为了等待向导无声的叹息真正隐没，等待一辆看不见的列车从面前经过。

"对了，和你一起玩的那个朋友，他后来去了深海吗？"向导问。

"不，我们都选择毕业后留在地上。"

"他没有和你来寨子吗？"

"我们分别呆在不同的城市。很少联系。"尤意识到自己在撒谎。他痛恨撒谎，但更痛恨回答那些连自己都不知道的答案。

成年礼的第二天，元鸥突然不告而别，只留下一张纸条，上面画着有史以来最难看的一张笑脸，从此再也没有消息，直到碰头暗号出现。

尤不知道元鸥为什么离开，就像不知道元鸥为什么做他的朋友。那个人随意进出他的生活，不给任何解释。而他一直默默纵容。现在想来，他们从未正经谈过什么。在那些年天南地北不着调的闲聊里，并没有什么让他真正了解过元鸥。

他们并没有真的那么默契。否则他也不会在元鸥不告而别后受到那样的震荡。他一遍遍回忆元鸥离开前的情形，无数微小细节构成的场景与事件，没有任何迹象显露他最好的朋友会忽然离开。离正式从教育院毕业还有一个月。尤以为他们还有时间告别。他总是这样，总是等着选择自动发生，降临在他身上。哪怕是成年礼宣誓，也不例外。严格意义上，他并没有主动选择自己的命运。而那个人，也和往常那样，开着命运的玩笑。

——成年礼那天。宏大庄严的场面。四千多个即将成年的少年人身着白衬衫，手持火把，排成十六个方阵，齐声宣誓，然后挨个上台对着所有人说出自己的选择，就好像置身于一个冗长的梦里。尤没有任何感觉，他努力想要感觉到点什么，激动、幸福、紧张，或者恐惧，就像他从小到大想象过的情绪，可脑袋里只有一块绷紧上浆的白布。也许是预演过太多回，早已经消耗尽所有情绪。少年们洪亮的声音像太阳风般扫过他们上方的天空。马上就要上台了。他看不见元鸥。那个人站在他身后。那个人将在他之后说出选择。这是唯一令尤自在的事。无论他说出什么选择，都出于自己的决定，和那个人没有关系。

但是他到底该选择哪边。地上，还是深海。拥有肉体和死亡。还是成为信息流拥抱永恒。地上的世界只会越来越破败吧。

台上一遍遍重复着同样的决定。生物人少年们一个个上去用同样的声调召唤自己的命运——深海，深海，深海。不断诵读的经文。海浪冲刷着海滩，轻柔连绵。尤好像回到了酒红色的古老大海上。他走上台，跟着前面的同学。那人身影摇晃，好像连日跋涉，疲顿不堪。

脚下泥泞，不时有荆棘绊路。绸衣和长绉裙都被划破。先师走在队伍最前面。肉眼能看到远处横亘的山脉。那里就是他们下一个关口。用古语说出真名。

地上，他说。没有人吃惊，意愿名单公布的时候他们就已经吃惊过了。

尤往台下走，步子有些慢，多少松了口气，以后不会再为这个问题烦恼。台上传来脚步声。他熟悉那声音，高个子用前半脚掌走路才会有的动静。那瞬间背上忽然火辣辣的。他太紧张了。脑袋嗡的巨响，压过所有声响。包括台上的人声。勉强跟着前面的人入队。

"你选了什么？"他一把揪住迎面走来的元鸥。

洁白的牙齿一闪而过。"你说呢？"

他选了深海。

这念头像巨龙的牙一般，落地扎根进入尤的脑中。尤松开手，踉跄往后退了几步，脑子里的黑雾慢慢散开。

元鸥咧开嘴笑。"以前所有人都强制深海，没得选的，不去的人都得死，现在可以自己选，可以留在地上还不用死，我怎么可能浪费这个机会。我当然选地上，不选也太亏了。"

尤望着元鸥，即使在这样庄严场合也是一贯地放肆。他好奇为什么一个人像他这样，直线思维，无所畏惧。

"你在怕什么？"元鸥问他。

"你说，将来会怎样？"

"谁知道，走在山上时，人是看不见山的。"

"嗯……"

"我们立个约！四年后……"

就是在那时候，他们做了不知所谓的约定。

尤并不知道，将来有一天他会真的履行这个约定。他更不知道，眼前这个朋友会在第二天就人间蒸发。他以为他们还有时间，至少有一个月的时间让他们一起慢慢为未来的地上生活做打算。他还没来得及和元鸥谈及这些，元鸥就走了。他独自离开教育院，没有留下任何话。

那个人到底怎么回事？

"我喜欢你们生物人了。感觉——清爽。"向导说。

晚饭吃到一半，鱼腥草还在嘴里等待咀嚼，听到这话，尤本能坐直："为什么？"

"你们的生物遗传编码单位，不是 0 和 1，而是 DNA 的四个碱基对。复杂、多变、冗余，充满游戏性，和你们的行为一样。"

"传控体的行为也可以做到。"

向导露出温和笑容，似乎已经原谅尤。"可你们有身体。"

"身体？不是冗余物吗？"人类的本质不过是代码。无论大脑中的信息还是遗传代码最终都可以转化成 0 和 1，作为数据上传到深海。在那里，每个个体都是一串独一无二的代码组合，摆脱身体的累赘，作为引以为傲的灵魂生存在精神世界。因为这样，深海也被称为灵魂栖居地，尽管有人对这种称呼嗤之以鼻，比如元鸥。

又是元鸥。尤回转神，发现向导心领神会地望着他。"身体并不是冗余物。虽然这个观点由我来说没有说服力。毕竟我选择了放弃身体上传意识到深海。"向导停下来，捧起糍粑腊肉为它加热。这道菜冷了就不好吃。"可是生物人真的很有趣。除了感受运动，身体给了你们一样我们没有的东西。一件非常重要的东西。"

"什么？"

"黑盒。"

"黑盒？"

"你们系统的输入方式，就是你们的知觉是不连贯且混乱的。有意思的是，在你们脑海里最终呈现的，却是连续逻辑自洽完整的世界。这就意味着有一个后期加工输入信息的黑盒存在。"

"我们的知觉不连贯且混乱？？"

"但是你们的大脑能自行形成流畅的叙事。"

尤呆呆望着腊肉上蒙的白油慢慢融化。在真实世界里此刻它正在发生怎样的变化。"晚上我们喝酒了吗？"

"我操控的传控体，喝酒会短路。你是生物人，过量会断片。不，今晚我们没有喝酒。只是我轻微短路，而你稍微过量。"

尤应了一声掉转身，环顾四周灯火荧煌，楼台重重流波金影。他们什么时候已经来到古桥上。

从饭馆到桥上，没有过渡，转眼置身他处。尤嗓子发干。向导朝他微微一笑，领着他下桥来到主街。

那才不是什么微笑。所有表情背后不是一堆生物微电，传控装置，电子二极管的工作。尤咬牙为自己壮胆。"你们和我们没差。你们也是人类。"

"是人类，但没有身体的介入。我们没有——黑盒，也无法沉浸。没有谎言，也没有幻象。"

"不好吗？"

"好吗？"

尤打了个寒战。到了晚上气温骤降，街上几乎没有行人。冷风湿乎乎的，四面八方灌进衣服里。向导脱下外套给尤披上。两个人默默往前又走了一段路。尤再次听到无声的叹息。这一次他不确定是谁发出的。

阿嚏，向导突然间打了个喷嚏。他抬头看着尤："很像吧？我学了很久，学你们打喷嚏。"

接近于调皮了。尤心想。

"不过有时候，我是真的。"

尤想问他什么是真的。但向导已经径自说下去。"教育院里有个小孩，仗着块头大总是欺负其他孩子。可每天早晨起来不知为什么总是鼻青脸肿。老师每次问他是谁干的。他都说没人。于是等到晚上老师躲在角落观察，发现原来一个孩子趁大孩子睡着，对他一顿痛揍。老师连忙制止，问大孩子为什么不说。大孩子哭着回答，老师他就叫'没人'。"向导大笑，笑得腰都直不起。

尤从没想到有一天会遇上一个被自己说的笑话逗乐的深海人。他的传控体果然轻微短路了。为什么街上除了他们就再没有别人。风不知道什么时候忽然停了。

向导走近，做手势要尤别慌。"这个就是真的，刚才那个笑话，我是定义它为笑话。每次听或者说，我的传控体电流就增强。当然笑的表现形式是模仿生物人行为。"

"好烂的梗。"尤说，内心却大受震动。

眼前这个深海人是否具有代表性，是否所有深海人都像他那样渴望拥有被他们弃置的身体以及感知世界的方式。他们榨取回忆。他们拼命学习。他们进入深海，又开始羡慕地上的生活。

"真喜欢你们生物人。浪费的信息无时无刻不从你们身体产生并且溢出。破碎的知觉，沉睡的回忆和下意识，还有幻觉。多么丰富，比上传到深海远远丰富得多的数据。"向导步步逼近，眼里再次射出热切的光芒，"什么？"

向导停下来问尤。

"下雪了。"尤仰起脸，对着散落雪花的夜空说道。他第一次真正见到雪——如同天上哪颗星星的灰烬落下。他伸出手，凝视一片白色结晶体在指尖短暂停留又消失。那片雪也许从来没有存在过。

"雪，什么感觉？"向导问，"——冷？"

"就像忽然想起有些重要的事被忘记了。再也想不起来了。"

"什么事？"

"一些重要的事被忘记了。"

向导面无表情。雪与被遗忘的记忆。计算两者的关联占据他大量内存。片刻之后他迎向尤的目光。"不太好懂，不过我已经存储下来。至于你，今晚发生的一切最后会在你的记忆里变成什么样？"

今晚发生的一切都不像真的。尤笑了。向导跟着咧开嘴。雪越下越大，由雪点丰满成鹅毛大雪。街上热闹起来，人们纷纷出来，三三两两惊叹嬉笑像尤一样孩子气地伸手，扬起的面孔光彩照人，在橘色的灯光下变幻成流动的人影。尤和向导从他们中穿过，看着一张张被喜悦点燃的面孔向两边分开。连向导的表情都柔和下来。

在这里，人可以选择自己的生命形态。而在几十年前，许多人为了争取这样的自由纷纷丧命。

"福地。"尤感慨。

"乐土。在这里你可以自由选择成为别的生命形态。与这些人擦肩而过的时候你也不会想他们到底是什么构成。生物人、深海人在这里和谐共存，每个人都被作为完整个体，自我完善管控，彼此尊重，帮助服务他人。这样的地方并不多。被桫椤层层叠叠遮蔽与世隔绝的福地。"

地球上并没有明确的隔离政策。只是在别的地方，每个形态的人类各司其职，自然而然地各自守在各自的地方。但在这里，人们汇聚在一起，被别人需要，也需要别人。尤听到了歌声，从东门的那个广场传来，还有鼓声。他心里被眼前金色景象占据，感到暖意和喜悦。

真希望元鸥也在。他应该就在街角不远处，然后笑着一起加入进来。他会劝那个人多喝几杯。他以前就告诉过他这里的酒格外香。是在游戏里吧。他们神游来到先人的身体。因为族人的愚蠢贪婪，他们被独眼巨人堵在山洞里。尤说如果有家乡的好酒在就好了，可以把巨人灌醉。但元鸥用更好的法子救下所有人。

他让族人们各自抓一头巨人牧养的羊，躲在羊身下，就在巨人眼皮底下，鱼贯离开山洞，看着族人们犹如列队游行，亦步亦趋跟上山羊的步伐一个个逃出生天，包括素来威严的先人。尤想笑。应该有更好的方法可以脱险吧。但元鸥偏偏挑了这种。所有人放下身份，收敛气息，俯身接收世上最驯良动物的掩护，回到尚且不会行走的婴幼年，最后蒙混过关，侥幸逃脱。

现在想来那几乎是肯定的。元鸥是故意的。这是一场恶作剧。他就是想让所有人都陷入这样的境地，脱去长者的尊严，回到孩子的年纪。大家还是孩子的时候，不都是这么玩的吗。他太投入了。竟然忘了，这些长者并不存在，他们是她们神游时的幻影，是兔子洞中的幻影的幻影。他忘了，他们是在兔子洞里。走在山上时，人是看不见山的。

尤隐隐觉得正在接近某个重要的答案。只是他还没想起来问题到底是什么。

也许是元鸥不告而别的原因。他的离开和兔子洞有关。他是不是也像二级沉浸里族人一样，躲在羊的身子底下，在另一种身份的掩护下，逃出生天。所以，他是在那时遇到了什么事?

"你喜欢这酒？"向导问他。

尤半惊半喜地放慢脚步，他差点以为向导要再带他去喝点。

他应该多喝点，金色的酒。今晚他们喝的到底是不是那种金色的酒？想起来，第一天晚上，就是那香气催着他上路，翻过山，哪怕桫椤遮蔽，什么都看不见，但那香气，像金色的带子，一路牵引，让他确信必定好景色在后面等着他。比如吊脚楼，还有废弃工厂区。这酒令他深深记挂着一个他从未到过的地方，他不仅没有见过，甚至没法想象，却对它魂牵梦萦，深信不疑。那地方对他无比重要，那个地方是世界开始之地。尽管他现在还记不起来。

——元鸥的原话怎么说的。"如果有一天你收到这个暗号，就到寨子来找我，我在世界开始之地等你。"

世界开始之地？

"你到底在找什么。告诉我，我能帮你。我也想帮你。"向导抓住尤的双臂。

尤望着向导。他没有表情识别系统，也无法通过侦测对方心率和信息素水平来判断真伪。所以他只能看着向导。不，他只能看到他的生物机甲。

"我可以和寨子的天眼联网，每张在寨子出现的面孔，那上面所有人眼察觉和不能察觉的表情都被我捕捉，存入供学习使用数据库学习。"

"寨子的什么系统？"

"天眼。管理寨子公共区域的监视系统。呃，虽然说实际上寨子公共区域，其实覆盖了寨子方圆一百多公里的区域。说起来，你到底在找什么？"

四　奥古吉埃岛

答案出乎意料。即使在白天游人如织的商业街上，他仍然恍惚。日光晃得，看什么都透着虚假，轻飘飘，仿佛只是像素粗糙的平面图像。

向导走了。他悄悄离开，不知道去了哪里。这里已经没有什么工作需要他做的了。

他能做的都做了，要连接天眼用人脸识别系统搜索，得有元鸥本人的照片。尤没有。向导潜入教育院数据库，调取当年入院的男学生档案，把他们的过去连同照片安安静静推到尤面前。青春期男生强作镇定的面孔在他的眼前一张一张闪过。

照片唤起模模糊糊的记忆，真的和这些人一起度过整整十一年吗？只记得和二十四个男生同班，有些人到最后也没说过几句话。那些孩子中，有的人一开始就明白自己最后会进入深海，敷衍着打发少年时光，对他们而言，真正的人生还没开始，教育院的几年不过是过渡，就像蝴蝶还在蛹的阶段，他们拥有的身体不过茧，在成虫之后势必抛弃。教育院的同伴，尤其是尤和元鸥这样的人，形同茧上的碎片。

没有交往的价值。

也没有被记住的价值。

这个世界上，大概只有元鸥会记得他。他一直这么认为。直到他发现自己已经忘了元鸥的模样。关于他的记忆只保留下言行，以及一些相貌的细节。无论如何回想，也无法从沉睡的记忆里捕获一张清晰的面容。

二十四张照片在眼前轮流切换，照片里的人定睛望着尤，像是在嘲笑他。每一张脸都那么年轻，新鲜，空白。即将走入永恒的面孔。

见到尤开始动摇，向导给出建议："只有二十四个可能，一个个排除吧。从你开始。这里面哪个是你？"

尤浑身发麻。他找不到自己。

不仅没有元鸥，也没有他。

"如果不考虑年龄，我们可能还漏了一个插班生。"向导说着，从后台调出一份档案。

走在山上时，人是看不见山的。

他早就应该察觉到的。记忆拼图里无法合上的罅隙，说不上哪里不对劲的不安，眼角无论如何都去除不了的阴影。

当向导找出那份遗漏的档案时，帷幕落下，答案自然揭晓。

多么明晃晃的答案。他渴望喝一下金黄色拉丝的米酒，就是他小时候常常偷喝的那种。一口入肚，眼就明亮。世上万物最微小枝节都落入他眼里——逃不掉的。

尤独自走在街上，前面是主广场，寨民正带着游客转圈跳舞。他贴墙往左一拐，进了通往河边的小巷。即使在那里光线还是那么强烈，充满噪音。

恍若梦境。他真的做了一场长梦。

沿着河边走，到桥头，略略犹豫，不，现在还不是去对岸，或者江心小岛的时候，他埋头赶路，右手边聚合纤维电梯门洞开，几个人鱼贯而出，他加快脚步超过他们，不多远精心铺就的石板路就到了尽头。人声也稀薄起来，甚至连空气都冰凉透骨。应该是错觉，二极管和电子设备的辐射并不会产生可以被身体感到的温差，他爬上一条土路，从这里绕过一个小院鱼塘就该是上山的路。

他再次抬头，眺望寨子后面水墨泼溅山影，正一点点盖上白雪，有了沉甸甸的实感。再看一眼，等到进山了，就看不见了。

闭着眼也能走，那几条山道。一边走一边默数弯道。那时候，他给它们每一个起了名字。每次经过时轻声和它们打招呼。浪花弯，枫木弯，元宝弯，新娘弯……那天，被大车带走时，他趴着车窗一路和它们道别，以为今后再也见不到了。

他当然熟悉那些山峰、山涧，还有紧紧抓住陡坡的吊脚楼——

斜坡挖出上下两层作地基，悬空吊脚，天平地不平。

房柱间用瓜或枋穿连，构成牢固网络。檐角飞翘，三面走廊。栏杆上各自雕着万字格、喜字格、亚字格，悬柱或八棱或四方，窗棂花形惹眼，双凤朝阳、喜鹊闹海、狮子滚球，各有各看不见的好光景、好承愿。他常常看得入了迷，直到天色暗青，屋里亮起灯光。偶尔也会遇见屋主修葺旧楼需要人手，他便搭把手挣一点零花。反正也是闲着。

他有大把时光挥霍，无拘无束，山上山下游荡散漫。

大山护着他，拿他当自己的孩子。

那时候，走在山上，怎样都可以看见山。

脚步放慢，他打量起路两边参天的桫椤。肥厚大叶子上已经开始积雪，但不多，远没有应该有的那么多。如果这些桫椤是真的话。

——是延时。他以前听说过，视电屏障在恶劣天气条件下就会有延时。靠粒子脉冲模拟生物电，刺激视觉神经，干扰视觉信号输出，产生既定图像。一旦体表温度发生变化就会影响整个干扰过程。

他走到路边，小心翼翼地试探着向一棵桫椤伸出手，空荡荡什么也没有。山风径直穿过指间。竟然真的是视电屏障。他受到震动。在寨子这片山上是什么时候悄无声息地装了视电屏障的基站，不知不觉发射干扰视觉的信号。山中路人的目光全都被这巨大桫椤的幻象给遮蔽。

他早就应该知道的。长在山里的孩子都知道，桫椤没道理遮天蔽日地长，密密聚拢。它们最爱山谷溪边，最好背风透光潮湿的地。成年株五米之内不长幼株。杉松还有那些忘了名字的阔叶树才是主角。也有水青树，钟萼木、鹅掌楸。黑瓦房屋前屋后栽满凤尾竹和芭蕉。

都是他熟悉到不能熟悉的。他在这里长到十四岁，深谙山上草木生灵，从未想过有一天会忘记它们。

胸口一阵阵锥疼。他走得太急，仿佛受到鞭笞，疼痛羞辱混杂，越走越快，等察觉时已不得不停下来。他从未想过有一天会忘记它们，不仅是草木与弯道，连同他自己，一并忘掉。

他忘记了这里是他的故乡，是他的世界开始之地。

他是故意忘记的。只有彻底忘记，才算真正离开。

没人察觉也没人在意，他蓄意背离家乡的努力，也许，除了元鸥。也只有元鸥会留心他闪烁其词和沉默，他无意中吐露的细节。在玩那个游戏时，他应该露出不少破绽。谈到拉丝的酒，谈到遮天的桫椤和吊脚楼。可是那个人为什么要在意这些事。为什么要比他还在意这些事。要大费周章引他回来。

雪迎面飞来，大片大片落下，眼前渐渐只剩下白茫茫一片。尤逆风前行。寒气灌进鼻腔，似乎在到达肺之前已经冻结。脑仁发麻。大脑得以喘息，在措施不及与现实相撞后麻痹片刻，也算是一种自我保护。

有时间再去细究原委吧。然而向导调出的插班生照片的确是他无疑。照片里的十几岁的少年，虽然没有完全退去青涩，却已经有了成年人的轮廓，与同班生相比形同巨人。骨架粗重，大开大合，毛发浓密，在体毛之外，又匀称地在褐色皮肤上覆上一层，厚厚单眼睑下藏着不愿全部睁开的大眼，明明是正规照片，却固执地下垂着目光。那时的他就已经有了现在的模样。所谓青少年的蜕变并没有发生在他身上。又或许，在他拍照前就已经完成。他这个人，早早地就被定格在插班生的面貌里。

尤深吸口气，记起自己为什么是个插班生，被安排在比自己小许多的孩子中间，被迫同他们一起接受教育，一同成长。

因为他的家，不在城里。

他的家就在山坳里那座汞矿厂里。

一家三代全部在汞矿矿厂工作，直到他这一代。

深海试运行成功后立刻从一线城市为中心开始普及。大城市人们排队拿号进行数字化处理。之后又经过慎重讨论，通过未成年保护决议。规定十八岁以下未成年，不得擅自数字化。由监护人（生物人或者深海人的传控体）养育至七岁后，集体送入教育院培养。在成年礼当天决定是否进入深海。这一系列的事件轰轰烈烈地在发达地区推进，人们热切拥抱后人类时代，这些激动人心的变化真正波及偏远地区，晚了足足十年。就在管理者对着成年人数字化的数据沾沾自喜时，蓦然发现有些地区的孩子被遗漏了。在他们早该进教育院学习的年纪，被系统遗忘了。还好来得及补救。超龄的孩子被就近带到当地教育院，和比自己年幼的孩子一起学习，因为启蒙较晚，或多或少有些恶习保留，或多或少和其他孩子有隔阂。但不要紧。有的人不得不在教育院待到二十几岁。孩子们管这些人叫巨人。但也不要紧。十一年的学习结束，早已经成年的他们就会进入深海。在那里，十八岁和二十八岁有什么区别。

尤是在十四岁时被发现带走的。他没有哭喊，也没有任何可以哭喊的对象。

父母早就不在了。两个人出门上工，到了晚上没回来，第二天第三天也没回来。厂里也不见人影，就这么不见了。那段时间这种事天天发生。自从大城市开始深海化后，厂区里人们都这么不声不响地不见。下到工人，上到主任工程师和分区厂长。前一天正常上工第二天就没再来的，午休时候拿着盆去打饭再也不出现的，吸烟区云山雾罩抽完烟捻灭烟头推门离开的，看电影看到一半起身离座的，干干净净洗完澡把漱洗用品都留在厂区澡堂的。再后来，家属们也开始逐个消失。下棋下到一半尿急上厕所的，打开冰箱后决定去买鸡蛋，穿着背心坎肩去倒垃圾的，还有的，正看着新闻或者陪着孩子功课，突然若有所思站起来就走了。他们都再也没有回来，留下的人平静度日，好像什么都没发生，只字不提那些消失的人，仿佛他们从来就没存在过。厂区的保安队和镇上的公安部门都没有组织搜寻，失踪者的家人们也若无其事。没有人问他们去哪了？没有随之而来的猜测和议论。厂区浸淫在轻盈的静默光华里。无论是大人还是孩子，都默契神会地在对话里隐去了那些人的痕迹。

没有什么需要讨论的。再清楚不过。

那些人都进城去排队拿号等着进入深海。

听说城里人都已经拿上了号，每天一座城市就有二十人被深海化。他们不想等下去，不想在其他事上一样，远远落在城里人后面，便抛下原来的工作和生活去了城里。

尤从来没有怪过抛弃他的父母。他们离开他的时候，他才四岁，尚不懂得怨怼责备，等到长大，看着身边熟悉的面孔一天天凋零，水汽般蒸发，早已经习惯，视为日常。他不知怎么就好像知道父母是去哪里，也许是从新闻里看出端倪。等到十一岁时给他送饭的姑母也走了，他忽然就全明白了。像一大片明晃晃的月光从窗户照进来，透亮透亮的，不由有点慌神。

就在下面。尤想着，盯着路边漆黑小土坡看，看得久了又觉得不像。小土坡半人高，半土半渣，模样极丑，坑坑洼洼的斜锥形，挡住一半山路。因为太丑，所以让人印象深刻。要是没记错，土坡堆在一面砖墙墙根边，砖墙约莫三四米长，正中两扇对开的铁锈斑驳的大门。墙外就是陡坡，通向山坳。小孩子必须爬上土坡，视线才能越过砖墙看到下面，否则就只能看到一小截青灰色的烟囱可怜巴巴的露出墙头。他的家就在那下面。汞矿厂区的中心建筑群就在那里。厂区办公楼屋脊高起紧挨烟囱，周围几栋平房簇拥着这栋三层的苏式建筑，建筑后面是一个带斜坡的花园。楼前的水泥路宽敞气派，是厂区的从南自北的主干道。职工宿舍整齐排在主干道西边。两行七排灰色楼房，每层十户一共五层。七百户人家。他的家就在这七百分之一里。即使父母不在，还能为他遮风挡雨。即使后来他也不在，那个家还是空洞洞地敞开着，固执地等着被人填满。

那种砖木结构的楼房，墙壁格外厚。那个家一定还在。

他想回去。如今也只有那里会收留他。这个世上没有太多地方可以安置一个拒绝深海并且不再年轻的男人。那些叫他"巨人"的孩子们如今上传到深海。他们将保有十八岁青年的身体记忆，他们永远也不明白衰老是怎么回事，就像他们那时怎么都不明白比他们大七岁的同级生脑子里想的是什么。

尤试着爬上土坡，除了电子屏障提供的杪椤幻境，什么也看不到。或许是出于人类软弱天性，或许因为严寒，他隐隐觉得山下边就是矿区工厂。

他还隐隐觉得——背脊发麻。有东西一直跟在后面。醉酒那晚也是这样。

恐惧窸窸窣窣拖着漆黑冰冷的长尾顺着脊椎慢慢上爬，刺溜钻进心里。

尤猛回头，身后什么都没有。他此刻站在土坡上，在高处环顾四周，只有寂寥倾颓的山色落入眼底。他怔怔与白云岩石壁相对，上面纵横交错的刀砍状溶沟。

——像天书。盯着久了就会出来字。他小时候的确这么想过。他只跟一个大人提过这念头，别的大人都不会懂。他从小就不愿意和他们多话，到后来也分不清到底是不愿意和他们说话，还是根本就不爱说话。

但是她不一样。她会懂。所以他在楼梯口碰巧遇上的时候，他跟她提起白云岩的溶沟。借了几格阶梯的高度，他刚好能够与她目光平视。女人手里拎着空饭盒，眯起眼看他。她总是穿着藏青色的套装，皮肤很白很细，头发也细，又细又软，却很多，从指尖倏忽滑过，月光一样留不住。她的眼睛是深潭的颜色，深得不像任何一种颜色。

他四岁时，她是这样，十四岁时，她还是那样。在尤默默看着她的十年里，她几乎没变化，只是在眼角颈项好像多了细纹，宛如白瓷釉面上的开片，需要从土窑里小心烧制才有的繁密错落，有时候，私下里回想那张脸，他会觉得是自己的目光烧出了那些裂纹。

"白云岩上的溶沟像天书——"他对她说。

她停下来，抬起的左脚悬在那。眼珠微微一转，潭水波动，映射出尤的脸。

他大概十三四岁，普通矿区孩子的样子。

她若有所思地看着他，若有所思地点点头。

尤跟着点点头。

于是那句话他只说了半句。没说出口的那半句话她已经明白。

那是他们第一次说话。

他只知道她住在隔壁，偶尔会在厂区其他地方遇见。

小孩子时，看她和其他大人无异，一双从身边经过的腿，只是她的比别人的挺直修长些。等他长成少年，相遇时她终于会注意他，目光点水般交汇。从几时起他开始注意到她的虹膜。又或者因为她太安静，从不像厂区其他大人遇见他时免不住嘘寒问暖。他们都知道他被父母遗弃。深山里的厂区，没有什么事是不被分享的。尽管一年又一年，能遇见的大人越来越少，可剩下的人仍然坚持在路上关心他的生活，好像忘了他们一样也是被抛下的人。

只有她特别安静，没有话语，也没有表情，步履悄无声息。她住的隔壁，几乎没什么动静传出。常常一个人进出。也有好几次被尤看见和一个男人在一起。

他不知道她的名字，也不知道那个男人是她的谁。

早几年，好几次看见她在化验室门口，穿着白大褂，两手插口袋，梦游般站着。身边两两三三站着化验科的人，和她一样无所事事，神情松弛。他因此猜她是化验科的检验员。那段时间，所有科室都一样，工作陆续停下来，人们却坚持每天出勤，一群人像候鸟一样听凭体内生物钟指挥，每日奔赴工作地点，互相问候，一起无所事事。

这样过了两年，等到连有步行能力的老人都悄然离开，就再也没有人执着出勤这种事了。

尤记得养育自己的姑母就是那个时候走的。他还有其他血亲。但那些人迟早也会走的。

一个人生活不是难事。饿了就去超市拿食物。分布厂区各处的超市全部敞开大门随意自取。偶尔他也会去食堂，穿过荒废的厨房进到冷库。令人叹为观止的食物储备。他喜欢游荡其中，一排排一列列冷冻的生鲜，有序整齐，被切割成大小相近的积木模样，晶莹剔透的冻霜下动物的肉体静穆深沉，粉红鲜嫩，往深走，肉林所在，一片片倒挂下来的肉排，还有整只鸡鸭鹅，还有半猪，猪头笑得灿烂。厂区越冷清，猪头好像就笑得越开心，脸上挂着厚厚的霜冻。

尤常常在里面走来走去，摸摸这个，摆弄摆弄那个，用钩肉的钩子在地上划出刺耳的声响，不冷到身体受不了不出去。和每个遇上的来取食材的大人就闲扯。

"吃过没？"

"吃过。你呢？"

大人努嘴："喏，就是来拿它做个菜下饭吃。"

尤就凑过去看他拿的是什么。总是那么几句话，他接下去就问那人菜怎么个做法。大人们虽然也嫌烦，但多多少少会告诉他。

别人说的，他一个字不差记下，回去记在笔记本上（一次也没做过）。

他没想到会在冷库遇上她。这样他好像就不得不和她说话了。好在，他很快找到不和她说话的理由。她走在前头，身后远远跟着一个粗壮身影。他们都没发现尤，径自进到肉林腹地，在几块肉排前走过，步子放慢，来回踱步，然后停下。她冲左边一指，后面的男人二话不说，卸下她选中的肉排往门外拖。她等男人走出一段，才缓步跟上。不知为什么，她那天身姿神态迥异于平日，似乎怀揣秘密碎片，冰冷尖利。每呼出一团白气，都有被割伤的危险。他躲在储物柜后，双拳攥得发白，紧紧盯着，目送她走到门口。她打开冷库门，又合上，转身面朝尤站着的位置投来长长一瞥。一池残雪没有化净的深潭。

之后再遇上，就是在楼梯门，尤跟她讲白云岩的事，她明白，却没有作声。

尤以为她说不了话。所以她才安静。安静到只要靠近她，心就会跳得特别响。他们又回到以前。有一次，他远远看见她和人一前一后走着，还是之前那个男人。两个人顺着主路拐进宿舍区，上了楼，从他的厨房窗前走过，进了隔壁的屋。

好像是在夏天，空气里散漫着知了的叫声还有身体的味道。

刺眼的绿色的光。

尤吸吸鼻子，咬紧牙把手从口袋里掏出来，用缩在衣袖里的手伸进两根栅栏间去够铁门里面挂着的大锁，隔着袖口螺纹一阵摆弄。

运气！简直像是在氪了金的游戏。

竟然真的没上锁。大锁只是虚张声势地挂在那。往上一蹭，再拧，就摘了下来。轻轻一推，铁门锈着嗓子嘎吱叫着就开了。

两行七排灰色砖房就在前面。左边的楼红色窗楣三百五十户，右边的楼绿色窗楣三百五十户。

汞矿厂区包括开采点，矿洞约莫两百平方公里。行政区生活区集中在山坳里，有围墙有门卫看守，却管理松散。就连围墙也只是绕主干道西侧马虎砌了一道，出了正门外，在宿舍区入口又开了道侧门，狭窄旋转铁门，只能过人。门房里二十四小时有个寸头大叔守着。到尤被强制带走那年，他仍旧坐在里面，面沉似水警惕着从他窗前走过的人们。

他不喜欢往来的人们，也不喜欢这份工作。但他好像更不喜欢深海。

只要绕点远从东边就能进厂子。他那个门守得不必那么认真。

尤特别烦他，宁可走远路也不愿从他窗前过。现在，他没必要绕路了。

门卫室门窗洞开空无一人，已经被废弃很久的样子。意料之中。不然呢？他不会幼稚到还以为这里能一成不变以原来面貌等着他。

可是既然他那么确定所有人都离开了，为什么固执地回来。

——他为什么要回到厂区。

真冷。他感到虚弱。刚才一鼓作气下山的势头丁点不剩。牙齿打颤，两腿发软。厂区离寨子有十多公里，他浑浑噩噩就在大雪天靠脚走到了这。冷得脑仁作疼。他再也想不了任何事。

先进到那里坐下来，暖和一下身体再说。腿带着人直奔左边第四排楼，爬上四楼，进了其中一户人家。门虚掩着，里面黑漆漆一团，他一下找到顶灯开关。摁下，灯没亮。

当然了。不然呢。他嘲笑自己，一头栽倒在沙发里。扑面而来的扬灰，然后是温暖干燥的粗灯芯绒布套。再熟悉不过的肌理。

他在那上面睡了十四年。

十五年后回到这里，大脑尚未意识到，身体已经认出这套房间。十四岁之前，他一直生活在这里。这里就是他一直想要回的家。身体做出所有夜归人归家后最自然的反应——松懈下来。他和衣睡在了沙发上。

"最后死了吗？"

"嗯？"

"主人公，最后死了吗？"

尤不可置信地望着说话的人。她坐在他右边第四个座位，目不转睛地盯着前面的大屏幕。黑暗影厅里，那张侧脸随大屏幕光线在幽明间变幻。

"没有。"

"那——最后，他回家了吗？"她的声音小却清晰，坚定地穿过屏幕上的爆炸声浪传过来。

他不知道。之前看过好多遍的电影，却在那时记不起结局。

电影里，女孩们看守着父亲的羊群和牛群。这些畜生健壮却永远不能生育。镜头俯拍她们置身的小岛，嵌在蓝宝石般平静的大海上，岛上绿草如茵。镜头不断推近，向着一个山坡，向着如云般肥壮的牛羊，向着它们中间的女孩。最后一个特写。女孩们的脸占据了整个屏幕。

相比她们，几个座位之外的她那么单薄，可以忽略不计。她不在预言里，连障碍都不是，就像被有意遮蔽的土星的第十四颗卫星。

在梦里，他意识到那是梦。他睁开眼，醒来，想起这样的事不止发生在梦里。

他和她的确一起看过电影。只是巧合。有一天他们恰好看了同一场电影，恰好坐在同一排。

他们的确说了话。他远没有梦里表现得那么镇定。

电影是个最套路的动作片，英雄救美，穿梭在国际大都市追踪历险，并没有世外桃源的小岛和美丽的牧羊女。除了这些，其他的完全和当日发生相同。与其说是梦，不如说是回忆。

梦碰触到过去的世界。那些沉睡的回忆。虽然破碎，也许还有略微篡改，但大部分仍然真实。等到意识清醒便会重组。虚实的界限就在那里，清晰可辨。

尤伸长腿。沙发扶手隔得膝盖窝发疼。他长个了。以前躺在里面舒舒服服。但他没有起身。此刻睡意全无，趁着意识清醒，他试着组织被唤起的破碎记忆。

她应该——从没有提过她的名字。他也没问过。在她面前，他总要勉力强装成熟。成人世界聪明人不问多余问题。他们忽然就熟络起来。自她向他开口后，仿佛那句话是重要密钥，有了它，才能进入新关卡。

　　他们开始频繁遇到对方，始终也不算亲近。关于她的回忆无不统一在灰色调里，场景缺失。有一天他请她上家坐坐。她穿着白色连衣裙在几个房间走了一圈，然后小心翼翼地坐进沙发，就是现在尤身上的这张。

　　"啊。菜谱。"她侧过脸看尤。

　　尤走近，看见她手上拿着自己那本笔记本。"想知道别人家吃的都是什么，怎么做。有人去取食材，我就随便那么一问。"

　　"你就是那个冷库的怪孩子。"

　　电视感应到前方有人，自动开启屏幕跳到新闻频道。市政厅前挤满了示威人群。各式各样的人群为自己代表的团体请愿，要求得到优先数字化的特权。单亲家庭，多子女团体，动物保护组织，性少数群体，推理爱好者，经济学家。代表争相在镜头前发言，字幕密集滚过，早就看不清谁的面孔，反正每个人说的都是大同小异。现场报道结束之后，伦理学家讨论黑市上高价备份的现象。滚动播出当天被深海化的人的名单，和深海的通话，两边亲人的交流对话，感情故事。

　　不看日期，都以为是昨天的内容。

　　每天都一样。每一天都吸引着尤。

　　喧嚣煽情甚至愚蠢的节目自有它无法抵御的魔力，吸引着尤。每一天都一样。

　　尤从来没有相信过有一天能在上面看到他的父母们。

后来，她好像真的为他做了饭。不是超市里的速食包，也不是姑母以前常年供应的包子。正正经经的家常菜。按笔记本上记的做法。也就是说，她让他去了她的家。但也可能是在尤家做的那顿饭。那场景暗淡模糊。只有她散发着微弱的光芒。

不过，他后来的确是到过她家。打开门，只有她在。她的丈夫出去了。那时候，他已经知道那个惹眼的男人是她的丈夫。他很少回家。房间里到处留着他的痕迹。剃须膏、牙刷、拖鞋、照片、书、被褥、大衣，还有兔子洞——沉浸设备。

他错了。兔子洞其实不是男人的。

他折回客厅，看见她手里拿着兔子洞外接设备，突然明白刚进来时候的错愕感源自哪里。客厅很大，几乎没有家具。只有一个贴墙而立的放游戏机的小立柜。左右紧邻别人家的墙面上挂着厚厚的毛毯。如果仔细看，房间每个角落都装了微型消音器。

她默默注视他。眼里流转着无法判定温度的光。

来玩，她说。

第一次玩兔子洞。他听凭身体由她摆弄，被她暖烘烘的气息裹罩着，手脚躯干腋下腹部接上数据线与端口相连。戴上头盔。顷刻什么都感觉不到，坠入虚无，如同死亡。有人轻轻捏住他的手。然后，连同幽幽隐现的香气，一同离开。尤睁大眼，在什么都感觉不到的黑暗里，毫无防备地，太阳穴重重挨了一拳。

风凉得像一块缎子，从身上拂过，带着涩涩的青草香。远处飘来依稀歌声"大地连水两茫茫，波光潋滟接蓝天"。

可以睁开眼了。有人在耳边说。

原来遭到重击后下意识一直紧闭着眼。不能让她看出他的慌张。尤睁开眼。

"第一次都会不适应，就像被人打了脑袋。"她身着盛装站在面前。青色长绉裙，外罩二十四条红底绣龙的花飘带，上身家燃青布外套一件无扣交叉大领衣，袖口宽大，沿托肩镶长方形花草图案。身上缀了好多各种图案的银花片。头发盘成发髻翻腾在密密的银簪中间。

尤愣在那里，忘了说话。

"看你自己。"她说。

尤低头发现自己也是族人打扮。只是男人的装束相对简单许多。

"这是哪？"他问。

"水乡。"

水乡？他放眼望去。令人目眩的平坦和翠绿。水波微漾，稻田郁郁葱葱，自脚下向四面八方绵延铺展，直至地平线。原来这就是一马平川的沃野。只是看着就心神恍惚觉得日子是好的。他只在旧杂志上见过。上面说，那里气候温暖，光照时间长，土壤肥沃，物产丰富，是鱼米之乡。

"好地方。最喜欢这里了。"

他开口说话，没有声音。迈腿走了几步，没有位移。好像是进入了别人的身体，行为不受控制。

"你还没被我授权，不能情景互动。第一次来，先看看吧。下一次，一起玩。"

她说话的样子和平时不太一样，新鲜狡黠生机勃勃。尤后来知道那是因为她的角色如此：她是部族首领，带领族人逃避战乱迫害一路向西迁徙。

"看到前面那条江吗？它可是走了不少路，从高原来，一路切割高山，开出自己的河道，向低处流，经过崇山峻岭，东北流又转南，再折东南，再折北，不断有新的江流汇入，有了新的名字，再曲折前进，直到这里。"她从来没说过这么多话。

"之后呢，它会去哪？"

"前面就是洞庭湖。"她向前走，连带着他的游戏角色一起向前。他的视线紧随她的一举一动。这样真好，他想。

她忽然停下来转身冲他笑，是那种能明确成为笑容的明朗的笑。

"先人从更远的地方来，他们只是经过洞庭湖。我们必须要去到他们出发的地方才算通关。可是，我不想走了。留在这里吧。"

雪不知道什么时候停了。月光从敞开的门洞照来，一地的霜。他起身在沙发上枯坐，不知道为什么想哭。西边那道墙，空落落的惹眼。没有家具靠着，没有挂饰。墙那边，以前住着一对夫妻。做妻子的，热衷游戏。如果现在她在深海，应该很快乐。目光巡视一圈，墙上四壁，桌上柜门里，用过的物件都在，似乎还是原样，只是更加黯淡。他不会去开灯，更不会再去细瞧。

十五年过去。回来也是看看这些过往生活的影子。他不奢望生活还在这里。整个厂区早就空了许多年。所有人都已经离开，去了深海。

她是几时离开的，一个人还是……。尤像想起她离开的场景，她当时的神态容貌，不厌其烦地推敲每一种可能里的诸多细节。他沉浸其中，绞结多年心底埋藏的情念，执意不理会其中的苦涩意味，多少以痛楚为养料。

等到天边泛起浮光，一夜过去，他仍然以为他只是想知道她是几时离开的。他走到阳台。万物飘浮在寂静光晕中。厂区还在。怎么说来着，对，银装素裹。在树木和雪的掩映下，大片的土地，大片的人类生活遗迹。眼目所见都在厂区里，除了左边紧邻厂区围墙的一栋楼。那楼坚固丑陋被围在石砌高墙内，异常古怪，却又显得气派。他挪开视线，又侧头转向一边，然后是另一边，漫无目的地眺望。那栋楼始终是个刺点，惹眼的存在，随观察角度不同，游移在视野里，始终不出视域，仿佛深深驻扎在眼球里。那栋楼打小时候似乎就在了，就和现在一样惹眼。他想不出那楼什么样来的，里面都是些什么人。小时候不知道，现在也一样。如果有人约在那会面，也不是很奇怪。

尤开始觉得虚弱，猛然发现身体一直在打颤，回屋在柜子里找了件大人的马甲穿上，又奇迹般地翻出两个罐头填进肚子，略略缓了一会。他又坐了一会，抱着渺茫的希望，等着那个人突然出现在面前。他没有出现。尤站起来，径直朝门口走，再也没回头。

尤下楼横穿宿舍区，进入主路。雪景永远是美的。雪落在被弃置的人类遗迹上，在积雪下水泥路龟裂，健身器材油漆剥落，园艺植物未经修剪肆意生长，厂部办公楼、食堂、物资仓库、宿舍、武装住房、医务所水电站及火力发电厂、化验室、医院、子弟学校、托儿所、招待所、电影院、灯光篮球场等一切生活设施。不动声色的粉饰，令它们崭新喜人，庄严。仿佛人们刚刚有事离开一小会。

被冻结的时间。

他应该是只恐龙，在桫椤树中前行。脚下的雪嘎吱作响，不像是一个人发出的，像是在印证他的猜想。地球上最后一只恐龙是不是也会这样听着自己的脚步声。他想念元鸥，这个把他领到这里却至今没有现身的朋友，他也想念那个教他玩沉浸体验的女人，尽管他甚至没有勇气回到她生活的屋子去看看。他几乎把他们忘了。自然而然。比想象的还容易。只要不去提起，就可以忘记。现在，因为一句话，他摸索倒退重新回到他们中间。

他想到一个地方，想回去坐坐。对尤而言，世界是从那里开始。未经修剪的灌木挡住了下到河边的路。他还是找到进电影院的口。正门和侧门上所有的玻璃都碎了。门把手上铁链缠绕，挂着大锁。他绕到后边。那的木门也锁着，底下缺豁开好大一个洞，想不出是怎么弄的。他大概估摸了一下，蹲下身，从破口钻进去，腰直到一半，身体就僵住了。

就在脚边，一截金属的尖角向上直直戳出地面，静候闯入者的身体。再看，整个大堂的地面都密密麻麻布满了这利器，顺着向下斜倾的水泥坡面，从脚下一直延伸到最前面的舞台，排列整齐森然有序，有上千个那么多。像是古代刑场。尤小心地从它们中间走过，庆幸自己是白天来的。即便这样，仍然觉得自己像个猎物，困在不动声色的凶器中。他爬上舞台。木板呻吟着。台中间地板有个破洞。后面墙上挂着一条横幅。一扇门虚掩着，通向后面房间。那个房间应该不大，足够容身。

尤直直望着门上斑驳的绿色油漆。老派的厂区审美。脑袋里有什么蠢蠢欲动，渴望回应眼前荒废的画面。这时候发动身体伸手去推门的话……他呆呆看着门的时候，门就动了。铰链发出凄声尖叫，门板摇摇欲坠向外敞开。

"没吓着你吧。"门口的人影说。

尤周身血液顿时凝固。他像块海绵，或者别的什么人形填充物，只能被动地接受落在他身上的现实，不管它多么沉重，不管它多么荒诞。

那个人——不是元鸥。虽然应该是他，只能是他。

但他不是。这个身形修长皮肤泛青的平头男并不是元鸥。

"没吓着吧，对不起。"男人很瘦，青灰色运动套装松垮垮地挂在肩膀上。

"是的。你应该道歉，为迄今为止发生的所有事道歉。"尤想这么回答。但他清楚,男人的话和男人要表达的意思并不一致。这人嗓音低沉浑厚,说出的每个字都像石头,怎么听都像是威胁。

男人见尤不作声,径自大步走上台,在舞台前沿停住。

尤盯着台上一行湿脚印稍稍放下心。至少他的鞋子是湿的。

男人背朝尤往台下看了很久。底下的情景不合常理地深深吸引着他,他喃喃自语:"幸好没有晚上来。"

尤没有应声。他不喜欢这个人。

"他们把座椅都拆走,拆不干净的椅子腿脚就这么留着了。"男人说。

尤脑袋里轰的一声巨响。他明白了。这诡异的空间曾经真的是电影院。座位全被卸去,内脏掏空,剩下的空壳如同大型刑讯现场。和座椅一起被带走的,在这里闪烁过的光影,还有——包裹在影院的所有时间。

什么都不剩下了。

"我以前还在这里看过电影。和一个朋友。"男人转过身对他说道,手臂无处安放般在身体两侧轻晃,"我以前住这儿。"

"父母是厂里的工人?"尤双手插兜。

男人站姿有种过于随意老练的态度,令他不快。还有那张始终深藏在兜帽里的脸。

"是。一直住到这,直到被送到教育院。"男人顿了顿,若有所思地望向尤,"你是不是也在这住过?"

"为什么这么说？"

"看着眼熟。也许我们还一起玩过。"

我小时候不和同龄人玩。尤想说的话，却从男人口中说出："不过那时候我不太和同龄小孩玩。有个——"男人低头踌躇了好一会，末了似乎也没有找到一个确切的措辞。"有个朋友，比我大很多，我们一起玩沉浸体验。她平时不怎么说话，在沉浸世界里像换了一个人。可能因为那个角色的人设就是这样，活泼，果断，生机勃勃的少女。她玩得特别好，专业玩家水平。不知道为什么她特别着迷一个游戏，类似冒险类的沉浸体验有很多，她只玩其中一个。至少和我在一起是这样。第一次进这个沉浸世界的时候我还是菜鸟，她就带着我在那个世界里逛。现在想起来，那个沉浸其实非常初级，互动性不强，没有游戏性。内容也老套，讲的是循迁徙路线返回部族发源地的故事……"

"先是祭奠。没有月亮的夜晚，少女的魂魄在稻花的香气中离开身体。她们的魂魄随歌声寻找祖先……"尤纠正他。

"不，那时还没有祭奠没有神游。你说的是嵌套沉浸。最早的沉浸游戏都只有一级沉浸。特别简单。人一边沉浸，一边知道自己在沉浸，轻轻松松就能出来。"男人几乎笑了。他撩开兜帽。露出自己的脸。

那张脸上，只剩下残像。曾经鲜明刻骨入驻在眉眼间的神情被尽数抹去。留下一大片空白敞开。

面对那片空白，尤说不出话。

男人仿佛没有注意到一般，径自说下去。

他的那位朋友不仅迷恋这个沉浸体验，并且格外迷恋其中一个场景。她带着他从最开始玩起，等他们来到那个场景，就再也不前进了。她待在那，不厌其烦一遍遍完成那里的互动。怎么说，那个女人，对，她是女人，被那个地方迷住了。虽然那个场景的确做得很美。大地连水，波光潋滟。和她置身其中什么都不干，身心就愉悦。她在其中流连忘返。这也是那个游戏奇怪的地方。她在那待得越久，那个场景的拟真度就越高。色调、光线、阴影、音效、风速、气息，不断逼近极限的真实场景，将过去的置于不真实的境地，更将当下的真实悬置在不确定里。

直到那时，他开始有点明白，比起继续游戏，她更想生活在这个场景里。在水乡，做一名无所不能的异族少女。"我还不怎么会玩，一开始经常会被踢出系统，但她还是带着我。到后来勉为其难能不持续进入沉浸状态，但什么都帮不上她。她其实只是想有一个人在那里陪着她。有人陪着，有人看着，她的生活才更像生活。"

"你那个朋友——她什么样?"尤听见这个问题从身体深处发出。

"沉浸世界外? 很安静。皮肤很白，一碰就会碎。"

"很安静。"那不是问句。但男人接过话头。

"对，很安静。我问过她为什么话那么少。她说她不喜欢问问题。因为——"从兜帽里传出肺腑间的深长叹息，"她讨厌听人撒谎。只要不问问题，对方就不需要为了回答而撒谎。她说的。"全厂的人都知道她丈夫在外面鬼混。只要是个女的就可以。她从来不闹从来不问他去哪。只要不问问题就不会有人因此而撒谎。

她也是这么对他说的。尤想笑。他相信男人的话，就好像相信自己的记忆。

这甚至不算是背叛。她从未向任何人保证只找一个玩伴。只是人都爱一厢情愿地相信自己不可取代。对她而言，谁都可以。还是有谁，像他们一样，被她选中，困在一个沉浸世界。

"大地连水两茫茫，波光潋滟接蓝天。爹娘原来住哪里？他们住在这样的地方：处处平得像席子，像盖粮仓的坝子。爹妈原来住东方，穿的什么衣？吃的什么饭？吃的清明菜，穿的笋壳片；老葛根当做饭，崖藤叶做衣衫。要吃饭呢种苦荞。要穿衣群靠芭蕉。喜鹊飞到七重高峰上，望见西山茶树青……西方山山出茶叶……"这歌声记忆犹新。

"我也——"才开口，他就立刻明白没有必要说什么了。事情很清楚。男人已经知道了，可能从见到他那一刻起男人就知道了。他们是同一个幻境里的囚徒。

"你为什么回来？"男人问尤。

"我——"尤苦恼着该怎么作答。忽然，他放弃了，放弃所有的修饰和托词。"我来见一个朋友。我们约好的。但我来这后记起一件事。"

"什么事？"

"这里是我的故乡。世界开始之地。我回来看看，就看看。"

"你看见了，这里什么都没了。"男人说。

尤嗯了一声。那声音从鼻腔发出，只和鼻腔有关。他整个人已经就是一个空空的管道，管道壁上挂着少许什么都不是的黏液。

"什么都没剩下。你还来得及。只要回到原来的教育院报道递交申请，就还能进深海去。"男人已经走到门口。"那地方应该不错。至少比这里强。看看我们还剩下什么？"

要是这里是沉浸世界该多好。尤想象着摘下感应头盔回到熟悉生活的情形。他们还尚未来得及做出选择。

"这边。"男人引着他往外走。他像是急于让尤离开，又似乎有秘密想要倾吐。

尤迟疑片刻。

男人已经走到院子里。"快出来吧。里面空气脏。"他催促道。

这次尤回答了。但声音太小，男人没有听见。"你说什么？"他问。

"那么你呢，为什么留在这里？"尤说。

五　伊塔克城

男人看着尤，没有表情。一张五官齐全的残缺面孔，如同远方岛屿上渐渐升起的城墙，沉默着。尤以为他将这样一直沉默下去，也希望他就这么沉默下去。

因为一旦他开口回答，只会产生更多的问题。

现在，他已经没那么好奇了。

如果男人守护的秘密值得让他留在这里，也应该值得让他动手杀掉一个人。如果是这样，那么他望向尤时目光饱含的愧疚与热忱就有了最好的解释。

"我不擅长说谎。"男人低头，"所以我总希望别碰上非要我说谎的问题。你不问，我就不用说谎。"

尤本能往后退，忘了在雪地，脚底打滑，一个后仰倒在地上。

男人没有动，漠然地等着他挣扎着爬起，然后继续讲下去："别怕，我现在已经掌握了说谎诀窍——当一个谎言不够用时，那就用两个谎言。"

"勤能补拙。"

男人笑了。"大概吧。两个谎言嵌套在一起，就可以是一个世界。很少人能分辨出来。"这时候的男人，耀眼夺目，好像君王，而刚才那个废墟上的畸零人只是他一时的乔装。突然他跳出自己的荣光，转脸问尤："你饿吗？"

尤怔住，不知道怎么回应。

"我是开车来的，车上有点吃的。正好捎你一段吧。"

"捎我一段？"

"你该回寨子了。"

面包像蜡。尤咽下几口就没再动。好几次想继续追问那个男人，都作罢了。那人从上车起就一直全力以赴和路面作较量。走路的时候不觉得路况多糟，坐在副驾驶座才得以刷新认知。现在整辆车以痉挛地状态行驶在山路上。尤看不见他的脸，却能肯定他在骂骂咧咧，用小得不能再小的声音，可能只是做出口型。

如果是他，他也会这么做。

总得抱怨些什么。那些无足轻重抱怨了也不会伤害谁的事物。

他想他是懂他的。他们在很多地方很像。而他明明连这个人的名字都不知道。尤扭头看向窗外，似乎这样就能抵消那人的认同。

车开得太野了，仗着发动机马力强劲不管不顾开着，好几次擦边转弯。不时冒出路边的树枝，猛地抽打窗户，和电影里啪地把脸贴到窗户的厉鬼一样。尤以前在暴雪的游戏场景里开过车，但现在的体感剧烈得多。那人似乎完全没有考虑路面积雪，一味横冲直撞。尤不想打扰他。某种意义上他刚才做了一样的事：从最初就被流放，并且找不到故乡。接下来去哪里？去哪里对谁都不重要。

车爬上一条小土路，从厂子正门开出。尤抿紧嘴，闸住汹涌奔流的念想。终于离开那里，他的，他们的水乡，沟渠纵横水汽氤氲的丰美之地。他们曾流连忘返，一遍遍重塑更加真实的迷境，终于不会再回去了。

车开到桥边，经过一个坎，车身剧烈颠簸，两个人从座位弹起。尤的头重重撞到车窗。

"右边那条路开始绕过去。"他话没说完，桥头的半人像已经倏忽被甩到车后，"等一下，你要去哪里？！"

"抄近道。"男人猛踩油门。尤紧抓扶手，青筋凸起，眼睁睁看着路前方洞口豁然张大黑漆漆的大嘴，一口吞下他们——连人带车，他们落进了山的肚腹。

仿佛直通地心深处。黑暗就是全部。

几乎感觉不到车速。他们如同浮游生物般缓慢小心地紧贴在灯光边缘，那点车灯勉力破开的微薄光亮落在前方土路。地面，永远是那么一块形状的小小光斑。凹凸不平人工开凿的石壁，幻灯片般滑过窗前，迅速消隐。真安静。呼吸声，心跳声，马达声，刚刚还有的声响，本应该被放大，却都被黑暗吞噬了。黑暗就是全部。

他们才是幻觉。

连这点幻觉都眼看消融在黑暗里。

黑暗灌进车里。开车人只是一个暗昧的影子。他自己何尝不是。一旦看不见，就无法确定存在。回想这几天，事实一再崩塌。没有什么坚定的明晰留下。他的回忆，他的认知，包括他本人的存在都在黑暗里震荡。"你知道我们和深海人哪儿不一样吗？"男人的声音从很远地方传来。

"他们没有身体。"

"他们也没有幻觉。"

尤想起了向导的话：黑盒。他们都很在乎这些事。幻觉，虚构的故事。脑海里的世界。只在一个人那里存在的世界就不能算真实吗？尤松开手，任由身体随着车身摇晃。他们可能只是停在原地摇晃，也可能要在这条隧道走上很久，他不在乎了。他已经筋疲力尽。

"你不吭声啊。"男人叹了口气。

尤不应他。他知道男人一旦开口就停不下来。

男人果然继续下去："你有过什么东西是怎么也放不下的吗？千方百计留住。比如一个人，你放不下她，所以为了留住她，你愿意做世上任何的事。但偏偏她讨厌的是这个世界。哪怕这个世界里有你，哪怕你想在这个世界里和她在一起，但她不管，她已经承受不了了，她只想逃开，或者忘记她身处的那个世界。"

她想离开，而你，还有我无足轻重。尤当然明白。他感到心头涩涩的，像吃了很苦很苦的药，过了很久还是苦。

"她想离开，你不想，你会不会千方百计留住她？你会不会想方设法给她她想要的？她想要离开，我就给她幻觉。如果一个人只是讨厌现实，不一定想去深海，或者去死，对不对？我给她幻觉。最初是她教给我幻觉，还记得那个返回部族发源地的沉浸游戏？她靠它逃离现实，但那不够。所以她才想彻底离开。一个谎言不够的时候，就用两个。一个幻觉不够的时候，就用两个。我改写了那个沉浸游戏，在一级沉浸外，又嵌套了二级沉浸。我肯定是在那之前就疯了，但我真的做到了。我废寝忘食地学习了几个月编写游戏代码，数不清的试错，但我真的做了。一旦进入游戏，先成为出神的少女，然后又变为远古的祖先，在返现的无尽磨难中，渐渐忘了自己真正是谁，忘记她讨厌的现实。走在山上时，人是看不见山的。"

男人说这些话时，语速很慢，仿佛话语本身置身于幽深隧道。

尤感受到这样的话语朝他而来。然而距离抵达他还有很久。

他想象她成功逃离现实被永远留在幻觉的样子，他想象男人守在她身边日复一日。与其说是画面，不如说是残片，暗影重重，漆黑的大雪般降下。

他不愿深想。希望永远悬置所有可能，希望所有在未抵达之地。尤想到。如果现在，他保持沉默，是否可能就此隐匿在这纯粹的黑暗里。但他没法不问。"她现在人在厂区？"

"我会一直照顾她。永远。"男人几乎是迫切地回答道。"接下来，说你的事。"

原来之前的事和我没关系，尤想。那只是一瞬间的不快，他没有想到男人接下来的话证实了这个。

"你以为你在这长大，你和她以前很熟？不是那样的。你记得的好多事，都不是真的。那些事发生在我身上，和你没有关系。"

"什么意思？"

"你也玩过那个嵌套沉浸游戏吧？"

"兔子洞？对，我玩过。"

男人沉默了，仿佛在用人耳接受范围外的声波在陈述他不得不陈述的事实。

尤被那要揭露的事实震慑住，他盯着前方男人的背影，以同样的频率接受路面的冲击。隧道真长。他们现在是在哪了？恍惚中，他听到了男人的声音。一长串的意料之外。

他说，他为她设计了这套沉浸游戏，一个可以留住她的兔子洞，整个设计过程他倾注全部身心，丝毫没有意识到自己已经越界，将个人记忆片段，包括与有关身份认知的部分融入游戏。当玩家进入二级沉浸时，深层意识完全打开充分暴露，他的记忆会像病毒 DNA 嵌套在宿主蛋白质那样，嵌套进玩家的意识中，比如错位记忆，比如价值观。不用太久，玩家就发展出自己的一套记忆，成为另一个人。是的，他为她设计了一个留住她的兔子洞，却让她变成了另一个人，他失去了她，某种意义上。但不重要，某种意义上，他留住了她。

可是他没有想到，这个只为她一个人的游戏，被人偷去拿做商用，竟然还会有其他人对这么一个无聊游戏感兴趣。那些玩家毫无戒备，跌入了他的兔子洞，不知不觉成为另一个人，追寻着不存在的目标，爱着不存在的人，纪念着不存在的过去。他们莫名觉得生活残缺不齐，却又不知道如何补救，或者总是惴惴不安，无法得到安宁。那些人，出于各种各样的理由，都会找到这里，蝙蝠回巢般受到命运的召唤。这里是他们的世界发生之地。他们虚妄的故乡。

"他们在这地上做的一切，虚无如捕风。"——尤突然想起这句话，笑了。

"所以，我脑子里有多少记忆不是我的？"他问男人。

"关于她的记忆都不是。其他的，我不好说。一个人的记忆会同另一个人的记忆纠缠在一起。两个人的记忆枝蔓缠绕，生成全新的故事。我们会自动忽视其中的矛盾，修补上其中的缺漏，让那个新故事合理又称心。"

尤应该感到愤怒。他来是为了寻得，却一路失去，在他以为的故乡的地方，他被告知他被永远流放。他听着男人干巴巴的道歉传来，连愤怒都毫无意义。这是一场事故。一份绝望的挽留，也许还是爱，渗漏到别人的生命里。他愤怒不起来。

"我试过很多方法，但都无效。虚假的记忆一旦生成就很难被消失，除非用真实记忆掩盖。但谁也不知道……我只好守在这里，等着你们，把你们带回寨子。没什么能补救……"男人说。

补救。尤无法咽下这两个字。一同哽住的还有他的问题。

他真想知道到底他是怎样的人，有过怎样的过去。

是否有其他重要的人在他生命中出现过？是否有人也那样爱过他？

元鸥是否存在，还是他一厢情愿的臆想，还是记忆的混杂幻影？

在这个没有凡人也没有诸神的世界，他不该远离亲属亡命他乡，命运注定他能够见到自己的亲人，返回他那高大的宫宇和故土家园。

尤知道自己没有时间了。他没有机会问出这些话。他现在只是单纯地想念那些金色可以拉丝的醇酒。

"到了。"男人的声音穿透他急于屏蔽一切的意志，利箭一般。

尤向前张望，什么也没有，只是前方黑暗似乎稀薄些。他咽了口唾沫，伸长脖子。

这时，远处一线光照入。

尤知道在那里等待他的仍旧是一个起点。

巨大沉默体

张小北在《降临》首映会后，提到男主伊恩·唐纳利穿越重力交换区，被送进外星飞船时，冒着未知风险，用手摸了飞船。抽搐般的神经质笑声。他说，换他，也会那么做。

接触到人类以外的高等文明，人在有生之年如果能真的亲身参与这时间，恐怕那一刻，他所感受的，恐惧，忧虑，惊叹，狂喜，所有情感以最强烈方式浇筑，犹如赤身遭受雷霆重击。不是亲历，穷极想象也无法够及。然而——

在科幻小说、科幻电影里，我们已经无数次预演了与外星生命的首度接触。在陆地，在深海，在极地，在外太空，每一次的"首度接触"都试图讲述一个惊心动魄的故事。这种企图，随着这一类型故事的一再重复，渐渐成为我们烂熟的一种惊心动魄。而外星人早已成为流行文化中被使用最多的 ICON（符号），出现在荧光色系的快餐广告或者 MTV（音乐电视）里。

我常常觉得，我对外星人的想象和了解，比对我隔壁老王还要更多些。

这真是个该死的困境，对于那些试着讲述外星文明故事的创作者而言——尤其是使用视听语言的电影导演而言。当他们榨干脑汁也创造出一个前所未有的外星人形象，打造两个文明碰撞的故事时，对有些观众而言，已经是个老故事了。

这类科幻故事，是不是只能走向 CULT（邪典）的不归道，或者成为另一种影射人类种群间冲突的隐喻工具？曾经让你每个毛孔都想尖叫却又失声的科幻最核心的迷人特质，在《2001太空漫游》之后似乎就很难看到了。所以当《降临》重新唤起那种久违的科幻美感时，我差点用奇迹来形容这部小成本科幻电影。

《第五区》《变形金刚》《异形》《黑衣人》《阿凡达》。既然要说，就算上《新哥斯拉》以及《奥特曼》等等外星人电影，就电影层面，有好有坏，但看着看着总觉得少了什么，又多了什么。

多了点什么？用个日系的说法叫"日常"。

就像我说的，就算外星人的飞船再酷炫，他们身上的黏液再多，牙齿再尖利，嘴再大，皮肤再蓝，总带着点一种隔壁老王和他的自行车那种亲切感。当然这样说隔壁老王也许会不高兴。而且人的确无法想象出他从未看见过的事物。所以在电影造型里，哪怕是我们没见过的外星文明，也是从见过的视觉元素拼凑整合再创作的。

那么问题来了：

陌生感，这一科幻类型创作一再被强调突出的特质，如何去获得？

以及导演丹尼斯·维伦纽瓦到底做了什么，在一部成本 4700 万，在好莱坞只算小制作的科幻电影，获得了陌生感，让外星文明看起来那么不一样。

●

Big dumb object（巨大沉默体）

谈科幻电影的时候，人们越来越频繁用起视觉奇观这个词。乍一看，似乎大家终于知道以视听语言的切入方式去观赏一部电影了。毕竟嘛，我们被中心思想文章主旨教育了整个童年。可再想想，似乎舍得砸钱在特效上在道具上，科幻片就能拍好，如果真是这样……

同学，出门左转，去看奥运会吧。耶！

很遗憾，科幻电影需要钱，但不仅仅是钱。科幻电影提供视觉奇观，但不只担当视觉奇观的容器。这部分任何其他电影都可以担当。奇幻片、战争片，甚至春运，人家都做得非常好。

陌生感并不与视觉奇观简单相等。最简单的例子，科学家们第一次进入外星飞船，拿荧光棒往上一抛，荧光棒停在那，显示没有重力影响。这个细节应该所有人都会注意到。一个经典的案例：用一点点钱，营造出陌生异域的效果。

显然，如果全是这样性价比好的技法，无法完成《降临》的科幻美学。

我必须用大写粗体的字体来介绍电影里运用到的比较完美的概念。因为它本身虽然大，但是沉默。

这个概念无论在伟大科幻小说还是电影中都使用过。

它的缩写是——BDO。

Big dumb object.

巨大，沉默的物体。

几近完美，高度抽象的几何形状，同时又是超出人类人工制作的尺度。但人类面对这类物体时，本能地将被庞大感捕获而战栗。它是如此神秘，充满矛盾。看似人工制作，但它的巨大又似乎不是人类双手可以完成的。

人造物的巨大，本身就显示了一种智力优越性的极度可能。更令人眩晕的是，这个巨大之物，还是沉默的。

这就是科幻小说中的 BDO 和《长城》的重要区别之一。它不仅是一个巨大的超越人类想象尺度的人工制品，而且它不是敞开的。

这巨大之物，不透明，没有窗口，没有标识。它给出关于它自己的线索如此之少。它的内部是什么，人类不知道。一个浑然一体高度抽象的几何形状，一个闭合坚硬的物体，本身就象征着沉默，一个巨大的谜一般的沉默。更让人类抓狂的，巨大之物上没有可见武器。没有可见武器有两种可能。一种可能，没有武器，以人类这种戒心超强的种族来说，恐怕很难想象有生命体会完全不设防备来和人类接触。第二种可能，唔，就是——它携带着未知的武器。

未知武器，这四个字所包含的震慑远比一个真枪实弹装着好多激光炮的外星飞船更可怕。吴岩老师曾经提过，人类与外星文明的接触可以分为"热接触"和"冷接触"。BDO 的冷接触，因为人类对未知的恐惧与想象，变得更有震慑性和压迫感。而人类与陌生文明接触的张力与悬念也自此有了实感。

《降临》中外星飞船庞大，表面相对平整，呈几何形状。不透明，无法窥见里面，除了唯一的出入口，没有可以辨别或者供人猜测的任何其他外置部件，这种外观便是一种沉默的态度，全然拒绝提供供人猜想它来源与目的的可能。

作为科幻类型重要概念，BDO 出现在不少电影和小说中。

《2001 太空漫游》中的石碑，以及刘慈欣最喜欢的科幻小说，也是我认为二十世纪最体现科幻美学的小说——英国作家阿瑟·克拉克的《与拉玛相会》。

小说中的拉玛堪称 BDO 经典。拉玛是人类对太空中某一不明物体的称呼。起先被当作是一颗高速运行的小行星。它自转速度不超过十分钟（地球自转速度为 24 小时）。在它的赤道位置，自转速度每小时达到一千公里。高速自转的同时，它还以每小时十万公里的速度在群星驰骋着。拉玛是怎么不在自己的疯狂速度中分崩离析的?

很快人们发现拉玛显然不是一颗行星。它是一个巨大的空心圆柱体。外形完美，就像是车床作业下才能生产出来一般。拉玛显然是一个人工制品，但同时它的质量至少有十万亿吨，比迄今为止人类发射到太空中去的任何物体都要大数万倍。

表面光滑，完美标准又巨大的几何体，以十万亿吨的身躯每小时十万公里的速度在宇宙中高速疾驰，还有什么能比这个景象更让人肃然起敬，更毛骨悚然?

■

巨物就是万灵药?
原来只要造一个 BDO 就可以打通任督二脉。

这么说起来，一个答案似乎解决了所有的问题。BDO 成了陌生感万灵药。如果只是这样，很多制片人会笑醒。

就像一个好的科幻创意永远不是一个点子。所谓奇思妙想，必须有足够有说服力的逻辑支撑，有足够巧妙的方式不断推进深化。简单说，就是说服力。

拉玛也好，《降临》中的贝壳也好，前期的铺陈渲染不说，就具体事件和细节的设计都有力支撑强化了陌生感。在外星文明，在他们存在的物理空间里，所有人类惯常使用的尺度都被打破。地球上的空间直觉直接抛掉，建立新的坐标框架。

《降临》中科学家第一次进入腔体，抛出的荧光棒不受重力作用下落。人走在垂直通道如履平地。

克拉克的"拉玛"系列中：

他正紧紧地贴附在一个高达 16 公里的弯曲悬崖面上，悬崖的上半部则当头悬挂，并与现在是天空的弓形顶部汇合在一起。在他底下，梯子向下延伸五百多米到第一层平台为止。扶手楼梯就在那里开始。这条庞大的扶手阶梯以高屋建瓴之势直泻而下。他现在是在圆柱体的顶部，而不是在底层。他像一只苍蝇，倒挂着身子在穹形天花板上爬行，下面是五十公里的垂直落差。每当队长脑子里钻进这一形象时，就必须以最大的意志力来控制自己，要不，他就会惊慌得六神无主。

他的四周，台阶斜坡往上升起，直通到上面的厚实墙壁，这个墙壁就是天空的边缘。

创造性的恢宏设定，同时准确地把握人物被置身其中后的心理变化，这点在"拉玛"里做到了满分，而《降临》在前期女主第一次进入飞船时也有不错铺垫。本来嘛，真不是去隔壁老王家串门，进入到另一个文明所需要的调式，不单是空气储备，疫苗注射，更需要的，是心理上充分准备。如果主人公都觉得稀松平常，观众自然很难惊叹。我也只一次在电影院里遇见屏幕上仅是两辆车剐蹭，后面的阿姨们就惊声尖叫。毕竟这是少数。

没有一个成功 BDO 是拍脑袋想出来的。科幻题材可以是不完全符合科学概念，但其核心一定有可以说得通的科学方法去支持。拉玛作为一个巨大的圆柱体世界，在其中探险的飞行员所遇到的每个险境奇遇都与这一设定的特质相关联。比如在拉玛中有一片海洋。它不是我们理解的平面海洋，是圆形环状海洋，沿圆柱体侧面望去，深黑的完整圆形环带，沿这个世界一周。

BDO 正如它命名所意味的，这个话题本身是一个特别大的问题。如果以后有时间，我们可以慢慢聊。如果还有机会，我们还可以聊聊特德·姜。这位神奇的美国科幻作家，少产高质，沉默寡言，每一部作品都堪称经典。在我看来，他的有一篇短篇简直就是《你一生的故事》的姊妹篇。

电影不如小说，这个观点基本已经共识，所以，也不必再多做讨论。

没有看过小说的电影观众，你们是幸福的。对于读完小说再看电影的观众，没有必要强行将两者比较。毕竟，媒介不同，内容也不会不同。而对于特德·姜这样高度抽象哲思化、反高潮的小说，要求电影还原并不是太必要。

吴岩老师看过电影以后表示不喜欢。和小说相比，电影令人失望。作为一个资深科幻研究者，一名对特德·姜作品有很深理解的学者，这么说是完全可以理解的。我从他的话听到了一个坏消息。的确，电影在许多方面没有将小说的精髓表现出来，会令忠实的读者失望。但同时这话里还有两个好消息。第一，它的确是一部相当有水准够科幻的电影；第二，小说还在那，一个字都没有损失。感谢这世上还没有青春版《你一生的故事》。所以，如果你愿意领略体味一个不一样的世界，欢迎进入科幻故事中。

我们在那等着你。

我为什么不喜欢《银翼杀手 2049》

—— 2018 香港 Melon（美伦）科幻大会演讲稿

我讨厌《银翼杀手 2049》，所以我很认真地读了许多称赞它的影评，试着从其他人的角度去理解这部电影。那些文章的大致意思就是这部电影非常棒，它致敬了很多经典。

我想，难怪这部电影那么长。

坦白地说，在看第一遍的时候我睡着了好几次。但是，在二刷、三刷之后，我欣喜地发现，原来无论你打多少次瞌睡，都不太会影响到对这部电影的观感。

这部电影从头至尾，都在问一个好问题——

复制人是否可以算是人？

在这个问题背后，隐藏的是一个古老的哲学命题，一个被所有重要文学作品追问的问题——

人是什么？

在科幻这一特殊文类开辟出的场域，我们获得一种充满游戏精神的力量，因此能够对这一重大命题进行变形。

我们创造出复制人或者外星人这样的他者，作为中间参数，来看看他者与人相遇时会发生什么。于是就有了这样一个等式。等式的一边是人，另一边是他者。我们试图在虚构叙事中，建立两者可能有的关系，从而依靠这个参数，去回答这个终极问题。

我们试图在虚构叙事中，建立起两者可能有的关系，从而解开这个参数之谜，继而回到那个终极问题。

从玛丽·雪莱的《弗兰肯斯坦》开始，无数科幻作品做着这样的尝试，创造出令人惊叹的他者，建立中间参数，给出一种等式。每个提问题的人都试图给出答案，哪怕是模棱两可的答案。

《2049》也不例外，创造了这样的"他者"。他们酷似人类，并且极欲成为人类。不仅外形，连行为模式和情感表达也是如此：

《2049》的复制人，迥异于《银翼杀手》，复制人K（瑞恩·高斯林饰）一脸被稀释过的忧郁，流畅无误地传递着文艺片范式的感情。

而罗伊·巴蒂（鲁特尔·哈尔饰），散发着冰冷凛然的异质光芒。他代表了一个新的物种，某种程度上优于人类又受控于人类的他者。

《2049》创造了高度拟人化的他者，这种拟人化不仅止于他者的人物塑造，更是由表及里，深刻露骨。

复制人的骸骨完全可以以假乱真。再加上子宫、打斗时流血、在水中吐出的水泡，复制人拉芙在远程操控导弹轰炸时候，居然还需要仰望，以及一副眼镜。

复制人生产制造的目的是什么？是如电影所说，作为被人类利用的工具，还是为了更像人类？（如果是后者，人类未免也太寂寞了。）难道他们不是要在各种对人类而言严苛的环境下工作吗？那么完全仿造人类生理结构的意义何在？

意义不明却高度拟人的他者

很难相信《2049》的导演和拍摄《降临》的导演是同一个人。

即使在 20 世纪 70 年代，《星球大战》这样著名的家庭伦理科幻剧里，人们都知道给达斯·维达安上呼吸面具。

当他说话时，呼吸器发出的杂音散发着邪恶、令人不寒而栗的气息，呈现出一个依赖半机器人植入物和增强设备维持的生命体。

同样是在《星球大战》中，为了增加西斯皇帝的恐怖效果，后期制作人员把一只黑猩猩的眼睛合成到了扮演西斯皇帝的演员脸上。

陌生感，首先是一种审美趣味的追求。这是科幻作品最独特的魅力之一。

凡尔纳、海因莱因、阿西莫夫、克拉克、迪克、勒古恩等众多杰出科幻作家，带领我们去太空冒险，时间旅行，接触异星生态、变种生命，或者进入到另一种极端的社会制度下。

科幻小说不断开拓空间上和时间上的疆域，带领读者走出有限的现实世界。

而现在，科幻作品中出现了越来越多像人一样的复制人，像人一样的外星人，充斥着令人生厌的拟人化设定，大量他者的拟人化表演。

在电影《变形金刚》里，大黄蜂像人类男性一样撒尿，还把尿撒在了别人身上。我倒不介意看到机器人的生殖器。我更介意的是，这种表现毫无看点。

他者在这里呈现出的特质，如同马戏表演或一电影里动物演员们的人格化表演。比如猩猩穿上人类婴儿的服装，做出咧嘴"微笑"的表情，使人们心中涌动温情，误以为这份温情是对大自然和猩猩的热爱。而事实上，野生动物学家告诉我们，这个表情对大多数灵长类动物来说，意味着恐惧或者屈服。

无论是现实中还是科幻小说中，当他者被高度拟人化，差异被消融，空间被扁平化。当最初的新奇和爱的错觉过去之后，人类在他者身上所能看到的，只能是人类自身。

可以这么说，与他者的拟人化关系，是对趣味的败坏，更是对人类智力的伤害。

这是一个毫无意义的等式。

当他者等于人类时候，作为中间参数的意义也消失了。人只能是他自己，并且依然是谜。

"陌生感"的缺失

《2049》的他者，和人类高度一致，渴望成为人类。"复制"人类的诞生和存在方式，显然只能给出一种关系式，只能是最有限贫乏的一种。

"复制人应该被赋予人权。他们不附属于人类，因为他们能够像人类一样受孕诞子。"

片中 K 强调他从没杀过"被生下来的"人。"被生下的"成为 K 执行任务的判断标准，是他的一条界限。

复制人反抗组织，他们将"诞下人子"视为奇迹，受奇迹感召，集结起义。

人类阵营同样认可他们的逻辑，因此才惊慌失措，急于抹除这段历史。

可见他们都认同并相信这样的逻辑。"他者拥有和我们一样的特质，我们应当赋予他们人权，给他们自由和独立。"

这句话这听起来令人热泪盈眶，但是冷静下来想想，如果不呢？如果他者和我们不一样，我们该如何去面对？科幻小说更应该帮助人类回答的是这样的问题。

撇开拼贴画似的对未来世界毫无创新的描绘，《2049》的确是一部高度统一的电影——高度统一的狭隘与乏味。

无论是设定还是故事主旨，都是高度统一的。以刻板印象去想象、界定和"包容"他者，令这部毫不缺少视觉奇观的电影显得异常平庸陈腐。

奇观并不等同于陌生感，后者才是科幻作品中能培养趣味和智力的重要养料。

我们需要真正意义上的他者，需要陌生感，需要尽可能地跳出人类中心的局限。不仅仅是出于审美趣味上的要求，更是出于科幻小说这一类型文学应该担当的独特使命。

科幻小说所要开拓的疆域不仅是空间和时间的，也是心理的。因为我们有能力设置中间参数，有义务去创造令人信服的他者，并试图理解他们。

在人和他者的各种关系式中，《火星奥德赛》无疑是我读到的最优美、最可信的关系式了。

借主人公迪克之口，作者斯坦利·温鲍姆道出了这一关系式的秘诀。

我们可以交流思想。我们之间有些东西不一样，风马牛不相及，我们的头脑仅仅是从不同角度来看待世界，并且也许他的考虑角度与我们的角度一样正确。

正是在这样的前提下，他才能站在地球人的视角之外，去理解外星人的行为和动机，建立异于地球人思维，却又能被地球人理解的微妙情谊。

这位获得阿西莫夫高度赞誉的作者，成功塑造了令人信服的天外来客。有他们存在的理由，以及令人信服的生态环境，在这种环境里，他们能够合乎逻辑地存在。

我们需要这样的他者，出自最为大胆并且诚恳的想象，诡谲离奇，但是符合生存环境的逻辑，有自身的精神诉求。科幻小说的生命力很大一部分来自于此。

而《2049》让我看到，高度拟人化，是披挂爱和和解名义的同质化想象。你不由会担心这个时代的科幻创作，是否在面临着一种退行性病变，成为温暖同时狭隘保守观念的温床。

人与他人关系中的拟我化

讨论人类与他者的关系，不仅是为了预备将来某一天，我们必须去面对外星人、复制人这样的他者，更是关于当下，此时此刻，一个人与他人的关系。

尼采曾经说过，自然把哲学家像箭一样投向人类，它没有瞄准，却希望箭钉在某个地方。

套用他的句式，我认为，科幻作品把科幻作家像箭一样投向人类，它没有瞄准，却希望箭钉在某个地方。我们如何作为人类看待想象中的他者，将影响甚至决定我们作为个体如何对待他人。

如果说拟人化是种族之间的关系，那么把这种自我中心放置到人与他人的关系中，就体现为高度自恋的拟我化关系。

《2049》中，K 的全息影像爱人 Joi 就是被他高度拟我化的。

Joi 急切满足对方需求的需求，是空心化、纸片化、甚至是投影化的。在他们的爱情中女性主体空缺，能看到的只是男性视角下的男性欲望的投射。

所有单人的爱情戏码都单薄又乏味。无论是女性主体空缺还是男性主体空缺，都是一种精神上的单人左手运动。

尤其是那场著名的三人性爱，被过誉为"电影史上最激动人心的凄婉性爱"，即使改变性别比例也一样无聊。

在真正的男女性爱中，对方不只是用来满足自我的欲望工具，而是一个真实的人。这件事上，我格外同意齐泽克的看法：

性行为仍然是从男性视角来展开的，结果，鲜活的女性复制人被迫协助幻想中的女人 Joi 的全息投影，沦落为 Joi 的肉体容器，来满足男人的性欲。

我不理解的是，为什么在性爱场景里，有肉身的复制人会同意自己扮演另一个全息投影复制人，来迎合男性的幻想？为什么她不拒绝或是搞点破坏呢？

或许，真的应该搞点破坏，这样电影会好看很多。

《2049》是一部特别自恋的电影，全片中大部分女性对 K 似乎都情有独钟。

讽刺的是，当你对实际的认知高度自我化后，在巨大的反作用下，你不会走向更深邃不可测的真正自我。

我们看待世界的方式在塑造我们，高度拟人化使我们丧失了奥康纳所说的"每个人存在的肌理"。

拟人化不仅杀死了科幻，也杀死了叙事，杀死了一切人类向外扩展的可能性。

它将我们压缩为纸片人、投影人。它将使我们无力再去回答那个我们必须要面对的终极问题——

人到底是什么？

云层的投影

——论科幻跨界

——怎么现在什么都在谈跨界，科幻也要吗？

当我试图开启这个话题时，对方立刻反问我。

你看，只要向外抛出问题时，就必须做好问题被抛回的准备。礼尚往来。

跨界交流风行已久。它带来莫大好处，似乎有着起死回生的魔力，犹如一剂强心针，在一个领域里注入其他领域的元素，使其获得更多内容与形式上的可能性，使日显疲态甚至奄奄一息的机体，重新焕发出生命力。大部分时候，这疗法简便易操作，一点概念上的挪用异位就卓有成效，足以引发新一轮的赞叹和风潮。混血儿式的奇观令人目不暇接。也不乏破坏性的大胆交融，在不同质的知识结构及感官体验里尝试突破融合，他们中的杰出者将在旧世界衰微之时开创出新的道路。

那么科幻呢？置身于这风潮中会产生怎样的影响？

只是，跨界到了科幻这里，问题会变得稍微复杂点。

科幻，science fiction，直译"科学小说"，由科幻编辑雨果·根斯巴克最早在《科学惊异故事》定名，之后一直被沿用下来。传入中国，最早引进科幻小说时，鲁迅先生采用直译"科学小说"，后来约定俗成才称为"科幻小说"。

有三个事实需要注意：

科幻小说，作为小说类型，文本先行于概念一百多年。第一部科幻小说玛丽·雪莱《弗兰肯斯坦》于1818年出版，一百多年后，才有科幻小说这个分类。比起文学类型上有意识的创新，更不如说是文学对现实剧变的直接反应。工业革命改变了生产关系社会形态，而之后一系列飞速发展的科学技术更是重新塑造了人类的思维方式和身体结构。人类直奔奇点而去。尽管大多数人毫无察觉。

真正的作家，总是担当着某种先知的角色。出于作家的自觉，他们预感到人类社会将由此发生的一系列遮挡和不可逆变化。人的概念也由此被不断重写。基因改造，人机合体，外星生命，这些今天出现在无数科幻作品和流行讨论中的主题，无不在回应着科幻文学诞生初始时玛丽·雪莱的惊惧。在当今的信息时代，工业化的到来迅猛无比，且方式也与以往不同。基本情况没有改。科幻小说唤起了人们关注变革所产生的影响和人类对变革所作出的反应，并预见未来发展的方向。

第二个事实，科幻至今未被真正定义，也不可能被定义。它的概念和界限始终变化发展着。只要对科幻文学史略加梳理，就会发现科幻小说经历了多个时期的发展，从最早的旅行故事，包括《月球旅行记》，经历了

H. G. 威尔斯的科幻小说、罗伯特·海因莱因发展的科幻小说的新方法，直至乔·霍尔德曼的硬科幻小说，随后经历了埃德·布赖恩特"作为科幻小说的文学"的时期和格雷戈里·本福德"作为文学的科幻小说"时期，再到今天在资本鼓励下进入到流行文化中的泛科幻生态，作为小说类型的定义不断被改写拓展。每一次的定义成形是一个漫长过程，而在这个概念真正确定之时又立刻被新的"闯入者"新的文学试验所冒犯和颠覆。

第三个事实，尽管独立为一个类型，科幻没有固定模式，始终借用着其他类型说着自己的故事。

在言情小说里，爱情总是作为主题；西部小说里哪怕没有马，哪怕没有西部大荒野，哪怕没有带刺马靴，牛仔，一定会出现；在武侠小说，不管是否有对动作的细致描写，各路功夫必须有；侦探推理小说，破案人必须有。

但很难讲清楚有什么元素是必须在科幻小说里出现。无论给出哪个回答，都会有大量反例上前质疑。在这个类型里，读者能找到各种诡异离奇的情节，各个类型小说里的元素，以及各个时空——"从任何事物的开端到其结束，从无限小的物质到无穷大的宇宙"。科幻小说如此随心所欲地采用其他文学模式，用他们的形式写着自己的故事。科幻太空歌剧不正是冒险小说的另一变体，海因莱因的许多长篇更有社会小说的趣味，科幻体育小说并不少见，据说在美国有一度盛行科幻西部小说——在这类小说中，孤胆英雄坐的马被火箭飞船所替代，他手中的左轮手枪被那种能喷出致命气体的喷气枪所替代。

这是我热爱科幻的原因，它如此活泼，充满可能性。它就像云不断变幻形貌，如果必要甚至可以成为另一种物质。如同云受气流、温度、光照、地表河流分布、地形结构、人类活动等的影响，之后又反过来作用在这些因素；科幻超前意识到科技对人和人类社会的再塑，于是以 what if（"假若……"）的叙事逻辑，将自身作为各种可能性的投射场。

科幻是一种主动变形的类型，是革命性的思考工具，它们唤起了人们关注变革所产生的影响和人类对变革所做出的反应，并预见未来发展的方向。以此为核心目的，它们能够成为许多种可能，已有的，和未来的。

这种难以把握的特征恰恰是它最重要的特质。

因此在这里，我们讨论科幻的跨界，不仅仅因为科幻强大的渗透性，必须加以正视和讨论，更重要的，通过观察在跨界过程中科幻如何与其他领域的互动，捕捉它每一次的即时反应，这种动态的观察，远比把它作为一个单一概念，更能把握这一类型文学，更接近它的精神内核，理解它的价值与影响。

A　无损无限

I wanted to do an album with the sounds of the 50s,

（我想做个包含 50 年代声音的专辑）

the sounds of the 60s, of the 70s,

（加上 60 年代和 70 年代）

and then have a sound of the future.

（最终创作出未来的声音）

I know the synthesizer, "Why don't I use the synthesizer?",

（我想我会用合成器，我干吗不用呢？）

which is the sound of the future.

（那就是未来的声音）

And I didn't have any idea what to do,

（但是我并不知道怎么去做）

but I knew I needed a click so we put a click on the 24 track,

（但我知道要在 24 个音轨中加入信号）

which was then synced to the moog modular.

（才能与 Moog Modular 合成器同步）

I knew that it could be a sound of the future.

（我想这样应该有戏）

　　以上是法国电子乐队 Daft Punk（蠢朋）2013 年《莫罗德的吉奥吉》的歌词，直接讲述使用合成器营造未来感的故事。

　　电子乐，顾名思义，作为必须用电子乐器以及电子音乐技术来制作的音乐，同科幻一样，是科技进步的产物。随技术革新，表现方法更加多样化。从最初录音设备到合成器、鼓机、音序器，再到 MIDI（数字化乐器接口）技术以及电路扰动，一路发展至今。甚至许多时候，技术纵容音乐家不断挑战人类感官极限，发展出更极端的表现方式。正如《莫罗德的吉奥吉》中，Daft Punk 请来意大利舞曲教父、合成器先锋吉奥吉·莫罗德讲述他一生的故事。在录音室录制时，他们安排了多个麦克风收音。这些麦克风生产年代从 20 世纪 60 年代到 21 世纪不等，每个麦克风相应代表莫罗德不同的生命阶段——虽然绝大部分听众根本无法区分这些麦克风的不同。电子乐的无限无损，能与之匹配的，唯有科幻类型中由科学理论和技术变革支撑的无限想象。被纯粹的技术美感推动，前往无法抵达之处。

独立电子乐队香料组合的陈陈陈，同时为科幻和电子乐的"无损"着迷。对他而言，这两者都是矢量的。而我们生活的世界则是标量的。

"电子音乐是用程序制作的音乐，程序本身不受限制，所以说电子音乐相对而言是矢量的，全 MIDI 制作的音乐工程是可以无损的变速的，我可以速度到 500，也可以到 10。我把一个弦乐拉长是有损的，而一个弦乐合成器在计算方法上拉长是无损的。这恰如科幻相对别的人文的门类而言也是偏矢量的。科幻往往就是可以让我们在微观和宏观之间随时切换且看到它无损的一面，我觉得这是科幻感的组成部分之一。"

"至于我们的真实世界大致是标量的，倒不是说我知道世界的规则，而是人的理解大致是线性的，局限在周边范围里。原声音乐中的主角永远是人，人的演奏，人的不准确，烘托的永远是人产生的'脏'，而电子音乐的精确和干净，恰恰消解了人类中心主义，提供了一个更加客观的视角去重新思考人。"

"去人类中心主义，也是许多优秀科幻在做的事。"

"对，所以我会觉得科幻音乐也应该是无限无损的。这样才配的起来，合成器音乐就是这样。曾经有许多作曲家尝试过用交响乐表达科幻主题，但是最后的结果听起来都是奇幻。"

我几乎立刻想到星球大战的配乐。好在还是有反例可以进一步讨论。"你怎么看《2001 太空漫游》的原声，那个——还可以吧?"我问。

"太空漫游里的交响乐，用的是一种更加离间的方式，类似我们中国的'戏说'的感觉，不违和，有一种奇妙的张力，但是如果想象把乐器都换成电子弦乐和电子管乐，演奏同样的'名曲'，会更有趣。"

陈陈陈建议道。

对他而言，科幻是水，电子乐是鱼。他在创作电子音乐的时候，脑海里的画面感全部都是科幻场景，他之前以"FAT CHANCE"的名义做了 5 张 EP（迷你专辑），每首都是朝着科幻电影的配乐的方向去做的，相当于每一首都是科幻小品，以《方阵》这张 EP 为例，每首歌代表一个场景。

《绿方阵》身体被冰冷的设备绑住，上方悬挂着一台老式显示屏，上面写着"你不属于这里"；《紫方阵》

旋转的方阵中心是紫色的光点，作为世界的能量核心，比预想中的样子小了不少；《红方阵》磅礴的巨物，它步步逼近，人在前面奔跑，不用转身也能听见它引发的风起云涌；《灰方阵》，他重点推荐给我的这首，则是由机器人的尸体组成的钢铁苍穹，连绵无边，缓慢翻腾。

"电子音乐需要在科幻营造的巨大的视觉、文本、故事、构架环境里才能被完整地理解。"陈陈陈并不是唯一秉持这样创作理念的人。Anti-General（本名钟子齐），另一位国内独立电子音乐人，通过《即刻电音》被大众熟知，但在这之前早已经是电子乐圈封神级别的人物，同样认为仅仅呈现科技感的电子乐仍然单薄。在音乐制作前期，一个全新世界观的形成，或者说，一个新世界的设定，可能是电子乐制胜关键。"越来越多的电子音乐人开始对自己的歌曲有了完整的故事设定，而这些设定往往是在未来的科幻世界，这使得音乐创作者的歌曲更加具备内涵，更加丰富多彩。"

他喜欢的科幻电影，诸如《黑客帝国》《星级穿越》《攻壳机动队》，数不胜数。他可以滔滔不绝列举经典科幻电影里电子乐的独特感染力。"比如《湮灭》中最后相遇高维外星生物的配乐，使用了很多电子合成器的音效，使得氛围感更加令人匪夷所思，迷惑。《银翼杀手2049》汉斯·季默也跳出传统交响配乐的框架，融入了大量合成器音效来体现未来的科技之感。"另一方面，宏大的外太空文明，炫酷的赛博朋克文化，这些新奇的科幻元素以视听方式直观呈现，不断启发他产生新的灵感。

至于科幻小说，和大多数中国读者一样，《三体》是他读的第一本科幻小说。两年前在刷知乎时，Anti 看到被高频使用的"二向箔"，他好奇这个词的出处，追根溯源找到《三体》，一气读完。水滴三体星人，三体星系等等，书中对外星生命和科技的想象令他惊艳。Anti 直言在《即刻电音》节目里那首《再见了，太阳》，就是受到《三体》影响。

"小说中关于高维空间的想象特别神奇。我就想着如何在音乐里表现出维度的升高，于是在声音设计上做了一个非常大胆的尝试——一个极其夸张的波形拉伸。"

《再见了，太阳》是 Anti 与香料组合和 WIND2 共同完成的作品，作品描述了在未来太阳最终走向毁灭，人类使用曲率引擎实现翘曲飞行离开太阳系的故事。进入正式制作环节前，音乐人们先完成了作品故事层面的设计，使得这首歌不单单是一个有科幻感的实验电子乐，而是一个完整的由电子乐来表现的科幻故事。

正如科幻是文明对工业革命和科学革命产生的变革力量所作出的反应，电子乐是感官（听觉）对工业革命和科学革命产生的变革力量所作出的反应。电子乐是科幻的音乐，不仅仅因为它的科技性——必须操控电子产品的生产过程；不仅仅它拥有随心所欲在各个时代切换的多样风格——从远近未来到二十世纪迪斯科复古风潮，借助合成器还能回溯到青铜铸造的上古时代；更因为它是人类精神世界对科学技术的直观反应和再创造，借助无损的"非人声"去抵达去人类中心主义后的无限。电子乐是科幻的音乐，科幻的精神投影落在电子乐上，而电子乐坦然敞开，接受这份游离变化的投影。它的性质与轮廓没有因此改变，却在明暗变幻中获得无数中新的形态。

B 想象未来和太空

和时尚界的跨界合作，可能是所有尝试里最危险的一个，形同与虎谋皮。不单单科幻、哲学、艺术、数学，所有遭遇时尚业的领域都会面临如此险境。他们会发现自己轻易就被降解成一种符号，图案也好，短句也好，在明白过来之前已经被推到台前由人消费，成为时尚产业的又一块冰箱贴，仅此而已。很难说 Rodarte（罗达特）印着天行者、尤达大师、C-3PO（礼仪机器人）的薄纱礼服裙和印着维特根斯坦名言的 T 恤之间有多大差距，可能也仅有薄纱礼服裙和 T 恤之间那点距离。

这就是为什么 2017 年名为 Chanel（香奈儿）的"火箭"在巴黎皇宫缓缓上升时，底下燃烧的不是火箭燃料，而是资深策略分析师安娜·安杰利奇对这种虚假未来主义的辛辣批评。她称这场秀是一场基于过去的妄想，虚假的未来主义。

火箭、太空、机器人、外星生物，科幻作品里的陌生化情境和叙事，为喜新求变的时尚圈不断提供新鲜养料。因此可以理解无论时尚圈为何热衷于挪用拼贴科幻符号，例如 Chanel 火箭，例如泰勒·斯威夫特在 Met Gala（纽约大都会博物馆慈善舞会）的红毯上的机器人造型。一场看起来未来感的 COS 秀。具体表现在制作上，或者以金属的光泽和质感制造绚丽的视觉效果，以塑胶材质打造适合太空行走的款式，抹掉缝纫痕迹以打造光滑的表面；或者用冷色调制服和苦行僧似的宽大衣袍营造末日悲观情绪。

无比讽刺的是，这些以未来为名的服装，倒退了足足六十年。除了制作更精良外，造型几乎是二十世纪六十年代未来主义服装的翻版。那时，第三次科技革命的前夕，晶体管计算机开始被批量生产，苏美太空竞赛，人类登月成功，想象力、创造力得到解放，人们前所未有地开始将视野投向地球之外。《2001 太空漫游》等科幻作品火爆异常，与此同时，由太空、宇航主题的极简主义设计风格——未来主义应运而生。

安德烈·库雷热、帕科·拉巴尼和皮尔·卡丹，当年声名显赫的未来主义设计大师，他们以几何廓形的剪裁，纯白或者银色橙色等明亮醒目的色彩，纸、金属和 PVC（聚氯乙烯）等材料，夸张的充满科技感的配饰，在时装业勾画着太空和未来的模样。你可能不知道他们的名字，但一定知道迷你裙。正是他们发明了迷你裙。至于赫迪·雅曼，又是另一个传奇，这位为女王伊丽莎白二世日常便装的英国设计师，被库布里克选中，担任《2001 太空漫游》服装设计，通过对空姐制服结构的细节进行修改和调整，以及流线型的剪裁，在视觉上传递出前所未有的未来感。

时装业的发展，不仅令科幻电影中的未来人类拥有了更具说服力的视觉形象，令科幻里的未来世界进入到人们现实生活。《2001 太空漫游》中女太空人全新的造型也为设计师艾米里欧·璞琪提供了灵感来源，为布兰尼夫航空公司空姐设计了相似风格的服装。其中名为 Space Bubble（太空泡泡）的全透明塑料头盔最为拉风，酷似宇航员头盔。据说这是璞琪特别为了保护空姐发型不被风吹乱，被雨淋到而设计，供她们在停机坪上穿戴。

将近六十年过去，冷战早已落幕，太空竞赛业已降温，那个时代的未来主义也已经不能称得上"未来"。然而科幻小说和电影仍然想象着未来和太空，继续激发着时装将未来的想象，无论好坏，具象呈现。从蒂埃里·穆勒，到亚历山大·麦昆、尼古拉·盖斯奇埃尔等设计师一路涉险摸索，使用对比打褶、刺绣等传统手工技艺，同时采用 3D 打印、热塑技术、镭射刀剪裁等现代机器制作。想象未来需要天赋。对于有幸拥有此种天赋的设计师而言，无法满足只是 COS 科幻电影里的装扮，而是要借助技术去传达对服装潮流更替中的新观念。面料科技的新发展，构筑未来生活的新场景。

2007 年，侯塞因·卡拉扬在他设计的服装里安置微型马达，操控时装根据指令变形甚至藏进帽子中去。渡边淳弥的 2016 年秋冬系列，一款可以将太阳能转换为电力的风衣横空出世。风衣的背部与正面共覆盖以 6 块太阳能电池板点缀，当手机没电的时候便可以使用其内置的数据线进行充电。荷兰的艾里斯·范·荷本以 3D 打印时装成名，在 2018 年春夏系列的 21 件服装中的每一件都采用尖端数字技术（激光切割，参数化设计或 3D 打印）制成，并且每种服装都由天然的有机成分构成。不仅如此，她还同欧洲一家科研机构密切合作，探索人工培植生物材料的可能。假使能用一小撮动物的毛发或皮革就在实验室里培育出一整块足以做成大衣的奢华皮草，这样的改变也许并不对新能源汽车带来冲击小多少。

正如科幻预言，服装不仅仅只为遮体装饰，能够根据脚掌大小自动调节的智能鞋子应运而生。牛仔外套中被的感应纤维，只要连接到可拆卸的感应器和手机，就可以通过手势来接听切换电话。

当科幻的投影落在时尚业时，不存在之物受到召唤。那些在虚构作品里被想象出的事物，率先出现在紧迫需要它的领域，一个光怪陆离的游戏场域，一个可以暂时摆脱庸常的舞台，哪怕这领域大多数时候肤浅急躁，但它为想象未来、想象太空提供了物质化的条件。这样的想象，既属于日常生活，同时也指向艺术。

C 想象力的艺术

美苏太空竞赛最激烈的阶段，苏联的史普尼克 1 号和美国的探索者 1 号卫星相继发射成功，和它们一起"升空"的，还有威廉姆·克莱因的气动火箭。没错，就是那位创造出克莱因蓝的艺术家克莱因。他设想的气动火箭，没有发动机，没有助推器，没有燃料，由脉冲空气驱动，通过吸入空气再将空气排出产生的作用力前进，也就是说靠呼吸前进……气动火箭可以进行旅行，但它不传达信息，不搭载乘客，也没有目的地。它唯一的使命就是离开地球，永不返航，回到宇宙深处。

尽管关于气动火箭的构想始终停留在纸面上，但克莱因还是在 1960 年 5 月在法国国家工业产权协会注册了专利，这一举动既消除了奇想和现实的边界，也将科幻概念引入到艺术中。

尽管无论作为文学或者影像的科幻，都属于艺术范畴，区别于科学和哲学，倾向生产感受和知觉。但在多数情况下，尤其在国内，由于一些历史原因，科幻常常是和科技牢牢绑定。在《三体》获得成功、它所代表的科幻概念渗透到社会各阶层流行语境之前，科幻要登上大雅之堂进行讨论，要以服务科普为目的作为前提。科幻被人为地从艺术领域剥离出来。当我们在讨论科幻和艺术相互影响、跨界合作的问题时，谈的其实是狭义的"科幻"和"艺术"。

正如艺术家和策展人刘畑所认为的：

或许谈"相互影响"其实首先意味着，在知识宇宙的膨胀"红移"中，所有的领域彼此之间都在远离而难以相通、相遇。我希望可以从广义来理解"科幻"和"艺术"，那么在足够的深度上也即根源上，两者是非常接近的，也就是一种"想象力的事业"。

　　但显然，今天两者之间的影响和互动其实远远不够。最良性的影响，就是互相指出对方的可能性。对我而言，科幻展现了严谨的推导如何可以助推产生超越性的想象，而日益疲惫的艺术应该参照科幻的大视野和想象格局而再次起航。当然这两个领域自身也都存在着巨大的问题，彼此都要超越小圈子式的"自娱自乐"，以及一般的"大众娱乐"。真正的艺术（Art）或许就是科 - 幻（Science-Fiction）之间的那个"-"，一条通道。

　　问题不仅止于观念。在当代的语境里，艺术的概念过于宽泛，那么讨论也就只能止步在观念里。具体到实践操作中，狭义的科幻和狭义的艺术如何跨界，技术层面的问题自然浮现出来。

　　2015 年，艺术家刘张铂泷开始了他的科学恋物癖博物馆项目。这个项目里，他虚构了一个不存在的科学恋物癖博物馆，展出历史上最著名的几个科学思想实验的实验用品，相关文献与物品，以及受到这些思想实验渗透的流行文化元素。这些思想实验包括薛定谔的猫、无限猴子定理、双生子佯谬等。曾经喂养薛定谔猫的猫粮罐头、在薛定谔猫实验中使用的盖革计数器（探测电离辐射强度的计数器）以及毒气瓶、曾经给猴子们打字用的打字机、双生子实验中宇宙兄弟们穿过的宇航服。都列入博物馆展品中。和博物馆一样，这些展品同样也是虚构伪造的。它们只是一些普通的猫粮罐头、实验器皿、宇航服，被编织进一个虚构博物馆里，一个所有思想实验都真实发生的平行宇宙里。

在这基础上，刘张还邀请了动画制作人、视频艺术家、建筑师以各种媒介作为创作手段的艺术家基于博物馆的藏品或概念进行创作。我以科幻作家的身份受到邀请，创作了科幻小说《博物馆之心》。小说以著名物理学家费米神秘得到的一卷磁带开始，在磁带 AB 两面分别讲述了两个通过外星生物视角感知人类文明和时空观念的故事。

这个项目分别在纽约、北京展出时，还是以博物馆自身的藏品为主要内容，到了 2018 年在上海 J—Gallery 举办展览时，刘张做了新的尝试。他以科学恋物癖博物馆的名义委任 9 位 / 组艺术家进行创作，并以这些委任作品组织了一次展览。这是一组由别的艺术家来完成的展览，想象空间再次打开，他得到了来自不同视角的回应，不同关于博物馆的想象：它们是一套制服，以维系博物馆运转的员工体现博物馆的功能；还是一段声音，一幅绘画，一个视频，一份问卷，一次研讨会。当然还可以是一篇小说，以文本构建出一座博物馆的过去、现在和未来。

"你已经收集了不少提到科学思想实验的科幻小说作为博物馆的藏品，为什么还需要这样一个以博物馆为题创作的科幻小说？"我忍不住问他。

"这样博物馆就能从收藏内容再进一步到创造内容。"他向我解释他的意图，"科幻小说虽然是以博物馆为出发点创作的，但它本身又是一个独立的作品，可以理解为创造了一个平行空间，在小说里存在着'另一个版本'

的博物馆，是对博物馆的一种解读，博物馆作为一个平台来说就是希望能够激发各种不同的解读。"

再好的意图理念，都需要实践检验。科幻为主题的绘画装置尤其是沉浸式作品可以在艺术展里如鱼得水，但科幻小说和电影，需要叙事，并不适合展览。科幻电影勉强可以当作长视频作品，但科幻文本如何呈现则是个难题。要求观众在展览现场把整个文本读完是不太现实的，我们在不同展览做出了不同的尝试。

第一次是我把自己读小说的声音录下来，因为小说中写到它是存在一盘录音带里的，所以以这种方式和小说形成一个关联，另外就是声音也是一种相对来说更容易让人进入的互动方式。但到了实际展出时发现，大部分观众连听完一个故事的耐心也没有。

于是在上海的展览，我们消解了它叙事功能，直接把小说中的一些词句做成很大的刻字贴在展览现场的墙上，这些词句是小说中的一些核心观念，它们与展览里的其他作品也产生一些似有似无的关联，把整个展览串联在了一起。在做了一定程度的舍弃后，效果比第一次来得好很多。但是，文本呈现的问题依然还在那里。或许，这是一个不需要去解决的问题。科幻与艺术的跨界，重点不在于从对方身上获得新的呈现方式，而是分享着相同的出发点或者灵感来源，两者各自以不同的形式去探讨一些共同的问题。

刘张以黑洞为例："前段时间发布的黑洞照片是个很有意思的例子，黑洞这个概念本身是很多科幻题材的作品会涉及的，比如近几年最著名的就是《星际穿越》里面的那个黑洞。但从黑洞的定义来说，它是一个没有光的地方，而摄影是什么？字面意义上理解它是'光的书写'，等于和黑洞是彻底相悖的，没有光怎么能拍照？而所谓的黑洞照片也不是传统意义上的'照片'，它是通过许多数据计算出来的图像。正因为人们'看'不到黑洞里面，所以它一直吸引着人们的想象力，甚至成了一个全球范围关注的大事件。黑洞既是一个隐喻又是一个实际存在的事物，它刺激着摄影，也刺激着科幻。"

D　不——落入俗套的未来

洛尔迦说：没有一张地图可以找到精灵。

耶稣说：不要把新酒装在旧皮袋里。恐怕酒把皮袋裂开，酒和皮袋就都坏了。

这两句警言至今有效。尤其是放在讨论科幻的语境里。用地图找精灵，试图用现有知识体系框定科幻；新酒装旧瓶，将固有的人类视野和尺度套用在外太空和未来科技的故事里，平庸的科幻作品就是如此产生。

"我最不喜欢的方式，就是把已有人世的逻辑再重新改头换面放到科幻小说里，这种新酒装旧瓶的东西在我看来是没什么意义的。"

说这话的人不是耶稣。他叫赵松，作家、书评人，同时还是策展人。他写主流文学，偶尔也写科幻。鉴于他的多重身份，我本来打算从艺术的科幻谈起，但他一路直下，直接奔向这个话题最核心的部分。

"我感觉得到许多科幻大师因为时代的关系与现当代艺术在思维方式的微妙共鸣，这种影响并不是说他们直接在作品里引用了哪些现代艺术家的言论或是作品，而是说在空间、材料思维上有共通之处，从现代艺术到后现代艺术发生的最大的变化，就是突破了材料和空间的界限，把思维观念作为创作元素进行视觉界面的重构。而从这一点上说，科学文学在做的也是突破空间、材料界限去重构视界的事，只是更多出的是还要突破时间的界限。

"但平心而论，我会认为科幻文学在这种对于时空、材料界限的突破上，要远比现当代艺术走得远很多，当然这不是要比较高下的问题，而是说是科幻的属性决定了这一差异特征。因为科幻文学要做的不只是呈现新思维新观念，也不只是停留在日常人的界面上进行思考和想象，还要进入到宇宙的层面，还要超越传统意义的'人'的层面，换句话说，科幻文学要创造的是从未有过的全新的世界与视界，因此必定要依托全新的思维方式和视角才能实现。科幻要传达的是'人'的未来可能性，当然要是把'人'置于宇宙语境里的话，也可传达'人'曾是什么样的'宇宙生命文明'幸存后的遗迹。"

谈话结束。

这篇科幻跨界的文也应该在这里戛然而止。尽管在这个地方本来预设了一个固定讨论环节，科幻文学和纯文学的跨界。赵松敏锐地洞察到科幻核心精神是一种思考问题的方式。而思考方式是可以存在在任何文学类型，任何艺术创作里的。如此想来，科幻的跨界，更像是云层的投影，它变幻不定，受他物的影响而变化，同时在他物上留下了自己的影子，赋予他物陌生的样式，一条从庸常中逃逸出来的路线。逃逸不仅仅为了离开，逃逸为了再创造和重新思索后的回归。任何简单的拼贴挪用科幻元素无法达成"科幻"的效果。

要拥有云层投影的力量，就必须创造，跳跃，切换到新的角度和尺度，重新思考人类这一种族所面临和将要面临的境遇，必须意识到我们正在不断被自身创造的科技所塑造和改变，这种改变在不知不觉中已经将我们带入到新的轨道，必须创造与之匹配的叙述形式。

必须预见，哪怕并非正确。

在最后的最后，我想分享一种可能的科幻，一篇名叫《猛犸》的短篇小说的片段，尽管作者陈志炜对他在写科幻小说这件事始终存疑。尽管这篇小说里没有科学事实，宏大遐想。然而他抹去月球的姿势那么专注和投入。当他一点点用他的方式抹掉月球时，当他在显微镜上画上小黑点时，在抹去中显现的是科幻的美学。

"我于是买下一座高灯塔，在一片私人的海域中继续进行星体艺术的研究。这片海一开始就建立在流沙上面，傍晚时海平面下降，裸露出干燥、炎热的淡蓝色沙砾，它们像词语般闪烁、发光；临近午夜，海水就会重新上涨，淹没流沙，一直持续到第二天傍晚。海水与沙砾无尽的流动，恰好与我目镜中的星空形成同构。但朋友们拒绝探访我。他们认为海域中的高灯塔会使月球的形象更为突出，而在星体艺术的研究中，月球已经是一个陈旧、干瘪的意象。为此，我不得不将各种文献中的月球逐个抹去，并在目镜上月球的位置点上小黑点。"

图书在版编目（CIP）数据

奥德赛博 / 糖匪著. -- 福州 : 海峡文艺出版社,
2021.5（2021.9重印）

ISBN 978-7-5550-2580-1

Ⅰ.①奥… Ⅱ.①糖… Ⅲ.①幻想小说—短篇小说—
小说集—中国—当代②中国文学—当代文学—文学评论—
文集 Ⅳ.①I247.7②I206.7-53

中国版本图书馆CIP数据核字(2021)第051459号

奥德赛博

糖匪 著

出　　　版：海峡文艺出版社
出 版 人：林　滨
责任编辑：陈　瑾
编辑助理：卢丽平
地　　　址：福州市东水路76号14层　邮编350001
电　　　话：（0591）87536797（发行部）
发　　　行：后浪出版咨询（北京）有限责任公司

选题策划：后浪出版公司
出版统筹：吴兴元
特约统筹：朱　岳　梅天明
特约编辑：陈志炜
营销推广：ONEBOOK
装帧设计：李　扬
装帧制造：墨白空间

印　　　刷：北京汇林印务有限公司
经　　　销：新华书店
开　　　本：880毫米×1092毫米　1/32
印　　　张：9.25
字　　　数：170千字
版次印次：2021年5月第1版　2021年9月第2次印刷
书　　　号：ISBN 978-7-5550-2580-1
定　　　价：55.00元